本课题得到教育部人文社会科学研究规划基金项目
"《歧路灯》清代抄本异文研究"（项目批准号：18YJA740046）资助

《歧路灯》清代抄本异文研究

王冰 著

歧路燈序

古有四大奇書之目曰盲左曰漆莊曰腐遷迨於後世則坊佣襲

四大奇書之名而以三國志水滸西遊金瓶梅冐之嗚呼果奇也

乎哉三國志者即陳承祚之書而演為稗官者也承祚以蜀而仕

於魏而所出當之時周帝魏冤蜀之日也壽本左祖於劉而不得不

郑州大学出版社

图书在版编目(CIP)数据

《歧路灯》清代抄本异文研究 / 王冰著. — 郑州：郑州大学出版社，2022.9
ISBN 978-7-5645-8889-2

Ⅰ. ①歧… Ⅱ. ①王… Ⅲ. ①《歧路灯》–小说研究 Ⅳ. ①I207.419

中国版本图书馆 CIP 数据核字(2022)第 122126 号

《歧路灯》清代抄本异文研究
QILUDENG QINGDAI CHAOBEN YIWEN YANJIU

策划编辑	孙理达	封面设计	孙文恒
责任编辑	胡佩佩	版式设计	苏永生
责任校对	吴 静	责任监制	李瑞卿

出版发行	郑州大学出版社	地　址	郑州市大学路 40 号(450052)
出版人	孙保营	网　址	http://www.zzup.cn
经　销	全国新华书店	发行电话	0371-66966070
印　刷	河南文华印务有限公司		
开　本	787 mm×1 092 mm　1 / 16		
印　张	13	字　数	215 千字
版　次	2022 年 9 月第 1 版	印　次	2022 年 9 月第 1 次印刷

书　号	ISBN 978-7-5645-8889-2	定　价	68.00 元

第八回　王經紀糊塗薦蔫師　候教讀懶惰縱徒

話說晏卦譚紹聞出了學院衙門一時滿城裏傳嚷譚紹聞婚的況

于都是十二歲進了學□對小秀才好喜歡人此信傳入王春宇耳內忙換了衣騎

騾子來興姐姐道喜進繡衔口蔡湘接了牲口人後門到樓上見了王氏道

外甥進了學姐姐恭喜王氏道你不說罢那有这宗學院自己親口説背

了孩子們哩書就許進個秀才戒孩子把好幾部書全給他背會咧不知誰

家有錢的把孩子們秀才實去學院自沒听説説孩子太小每人給了幾部混眼書

算結局咧做恁大官竟說瞎話怎不呌人氣死春宇道廿羅十二歲辛相有智

原也不在年高做大官的都恁般說誰無恥如今生意難做王氏道恁勞叨你

許昌传出本（晚清抄本丙）

1

古有四大奇書之目曰首左曰屈騷曰漆莊曰腐遷追於後世則坊

墉襲四大奇書之名而以三國志水滸西遊金瓶梅冒之嗚呼果奇

也乎哉三國志者即陳承祚之書而演為稗官者也承祚以蜀而仕

於魏而所當之時固帝魏寇蜀之日也壽本左袒於劉而不得不尊

夫曹其言不無內灼於其間再傳而為演義徒便於市兒之覽則愈

失本來面目矣即如孔明三國時第一人也曰澹泊曰寧靜是固具

聖學本領者出師表曰先帝知呂達慎故臨終托呂以大事也此即

臨事而懼之心傳也而演義則曰附耳低言如此如此不幾成之陽

耶亡友郊城郭武德曰幼學不可閱坊間三國志一為所囿則再讀

承祚之三國志魚目與珠無別矣淮南盜宋江三十六人肆暴行虐

張叔夜擒覆之而稗說加以替天行道字樣鄉曲間無識惡少傚而

郑州市图书馆藏安定筱斋抄本

2

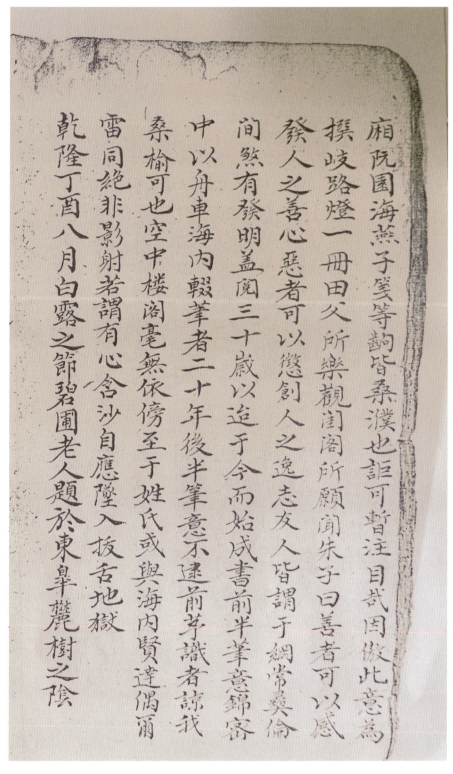

廟阮園海燕子箋等韻皆桑濮也詎可暫注目哉因傚此意為
撰岐路燈一冊田父所樂觀閭閻所願閭朱子曰善者可以感
發人之善心惡者可以懲創人之逸志友人皆謂于綱常奏倫
間然有發明盖閱三十歲以迄于今而始成書前半筆意錦密
中以舟車海內輟筆者二十年後半筆意不逮前茅識者諒我
桑榆可也空中樓閣毫無依傍至于姓氏或與海內賢達偶爾
雷同絕非影射若謂有心含沙自應墮入拔舌地獄
乾隆丁酉八月白露之節碧圍老人題於東皋麗樹之陰

河南省图书馆藏乾隆庚子过录本（1）

3

河南省图书馆藏乾隆庚子过录本（2）

4

束不嚴二來悔自己延師不早一時怒恨心起站起來照端福頭上便是一掌端福哭将

起来孝稷喝聲跪了王氏道孩子還小哩竟出去不大一會児你到家之利之的就生這氣、

這端福聽得毋親姑息之言一蔡號淘大痛孝稷伸手又想打去這端福挤在女人殿裡

乱哭孝稷愈覺生怒恕聽王中在樓門邊說道前邊有客是東院鄭大爺

来瞧原来鄭家老者傍晚時也要照看小児同睡月色之下不見趙大児叫端福児有

些慌張恐怕来家受氣只推来望孝稷放此桩根拐杖提個小燈籠児徑至前廳、

王中說明孝稷只得出来相見叙了幾句風塵間話不能久坐辭去孝稷送出

大門而回大凡人當動氣之時撞著一遍打攪也能消釋一半到了樓下將王

氏說了幾句又向端福児將丹徒本家小學生循規跟矩的說說了一番趙大

河南省图书馆藏乾隆庚子过录本(3)

先擺上晚饌、孝移畧吃些、兒前邊車戶酒飯王中閆相公自是料理妥當、孝移

安頓了箱籠夜已二更鞍馬困乏就枕而寢五更醒來口雖不言便打算這

延師教的一段事體正是

萬事無如愛子真　遺安煞是費精神

若云失學從愚子　驕情性成怨誰人

凡作大書難在頭一二回處處埋伏以為下文張本又使閱者不覺

有埋伏之跡始妙試看此書是何等手筆法

河南省图书馆藏乾隆庚子过录本（4）

兒早已到樓院說俺奶奶哩王氏走到樓門口九娃端相是個內主人便爬在地下磕了頭起來說乾爹沒起來哩俺班上人與老太太叩頭再與戲主叩頭紹聞起來見九娃只得到後門上

上等着磕頭哩王氏回首曰你起來罷你弄的事去打發去紹聞只得到後門上等的己久双慶曰他這一蕃打攪慶多取東討西未免驚動太太一定

一個唱老生哩說班上人與老生云這一蕃打攪慶多取東討西未免驚動太太一定

起來也是摸頭不着并也沒法發放九娃見紹聞出頭打發班上人齊在後門上

等的己久双慶曰他這一蕃打攪慶多取東討西未免驚動太太一定

該盡個禮兒紹聞曰不消老生云既是戲主俺就與戲主叩頭九娃也跟到樓下又向碧草軒去唯九娃就乾爹一齊

說一聲一大片人都跪下去叩頭口中都一全照看衆人起來一齊向碧草軒去唯九娃就乾爹一齊

人也挽不過來紹聞回至樓下就殺坐兒說乾爹

又向碧草軒去紹聞回至樓下看着也沒吓說紹聞也沒處開口少不的說九娃你坐

俺坐下王氏看着也沒吓說紹聞也沒處開口少不的說九娃你坐

娃曰我是不磋的的蔡湘定省一大會方才住宅中挑罷真情咳
子弟切莫學在路才說周旋便濁汗

第二十二回
問楷恩父歸故里
話說蔡湘到樓院紹聞還未曾起來那的來了一班戲將戲箱堆滿一書房紹聞從樓內問問紹聞曰怎的你這幾年不讀書

依依父兄師長前
此外那許多一步

誰承當他他說他家有紫事要問我賃房子我說原是河北茅戲主來回拜

不知道王氏曰誰叫他來的蔡湘曰不知的紹聞曰他的戲主占了一個書房就叫他去回拜

紹聞曰他的戲主成了戲房我也沒承當他話說完只見双慶慌

張跑在樓下拿了一個手本說班上人與奶奶大相公磕頭哩九娃

民国十三年洛阳清义堂石印本

绿野堂抄本(1)

序

古者四大奇書之目曰盲左曰屈騷曰腐
遷迤於後世則坊傭龍袞四大奇書之名而以三國
志水滸西遊金瓶梅冒之嗚乎果奇之乎哉
三國志者即陳承祚之書而演為稗官者也
承祚以蜀而仕於魏而所當之時圖帝魏竄蜀
之日也壽本反祖於劉而不得不尊夫曹其
言不無悶怕於其間再轉而為演義徒便
於市兒之覽則愈失本來面目矣即如孔明

绿野堂抄本（2）

為演義徒便于市兒之覽則愈失本來面目矣即如孔明

三國時第一人也曰澹泊曰寧靜是固其至美本領者出

師表曰先帝知臣謹慎故臨終託臣以大事此即臨事而

懼之心傳也而演義則曰附耳低言如此之此幾不成

兒戲塲耶郊城郭武德曰幼學不可閱坊間三國誌一為

所涸則再讀承祚之書為魚目所涸矣淮南盜宋江三十

六人肆暴行虐張叔夜擒獲之而稗說加以替天行道字

樣鄉曲間無知惡少做而行之今之順刀等會是也流毒

草野禍釀國家然則三世皆啞之孽報豈足以懲其教猱

河南省艺术研究院藏本（1）

9

升木之餘辜也哉金瓶梅一書誨淫之書也乢友張揖東
曰此不過道其事之所曾經與其意之所欲試者耳而三
家村冬烘學究曰此其左國史迁之文也余謂不通左史何
能讀此既通左史何必讀此老子曰童子無知而股舉此
不過驅幼學于天札而速之以萬里歌耳至于西遊乃陳
元奘西域經解一事幼而張之耳元奘河南偃師人當随
大業年間隨估客而西迫歸當太宗時僧臘五十六蓋于
偃師之白鹿原安所得提如猿猱巉若豚豕之徒而消魔
掃障耶惑世誣民佛法所以肇于漢而沸于唐也余尝謂

河南省艺术研究院藏本（2）

10

古有四大奇書之目曰盲左曰漆莊曰腐遷迫於後世則坊傭襲

四大奇書之名而以三國志水滸西遊金瓶梅冒之嗚呼東奇也

乎哉三國志者即陳承祚之書而演為稗官者也承祚以蜀而仕

於魏而所當之時固帝魏冠蜀之曰也壽本左祖於劉而兒之不得不

尊夫曹其言不無閃灼於其間再傳而為演義徒使於帝兒之覽

則愈失本來面目矣即如孔明三國時第一人也曰澹泊曰寧靜

是固其聖學本領者出師表曰先帝知臣謹慎故臨終托臣以大

事功此即臨事而懼之心傳也而演義則曰附耳低言如此如此

岐路燈目錄

綠園李海觀孔堂手著

1

上海图书馆藏清代抄本(1)

12

耶穌地郭武德瑜瑜學不□日間三問志一□
之書為魚目所涵笑淮南盜宋江三十六人肆暴行虐張耕夜橋
獲之而稗說加以替天行道字樣鄉曲閭閻無知惡少傚而行之今
之順刀手等會是也流毒草野禑釀國家然削三世守歷之孽
報堂廷以蔽其教孫升木之餘事也戒金瓶一書誨淫之書也已
友張楫束曰此不過道其事之所曾經與其意之所歆試者耳而三
家村冬烘學究動曰此左國史遷之文也余謂不讀左史何能讀
此既通左史何必讀此庄子云童子無知而腋拳此不過驅力
學於天札而速之以萬里歙耳至於西遊乃取陳元尖西域經解

2

上海图书馆藏清代抄本（2）

13

目　录

1

绪　论

清代长篇白话小说《歧路灯》,长期以抄本形式流传。现存抄本和印本共17 部,可划分为国家图书馆藏本和上海图书馆藏本两个系统。不仅两个系统之间存在差异,同一系统的各版本间也存在大量异文。

一、《歧路灯》作者及成书

《歧路灯》是清代文学家李海观所著的一部长篇白话小说,传世的各抄本大同小异,有 105 回本、106 回本和 108 回本等多种版本,70 余万字。

作者李海观(1707—1790),字孔堂,号绿园,清代河南汝州宝丰(今属河南省平顶山市湛河区曹镇乡宋寨村)人,祖籍为河南新安。李绿园三十岁时中乾隆元年恩科举人,五十岁后游历大江南北,晚年在贵州思南府印江县做过一任知县。告归后曾在河南新安县北冶镇马行沟村教书。

李绿园大约在乾隆十三年(1748 年)开始写作《歧路灯》,完成大半后因"舟车海内"而暂停,乾隆四十二年(1777 年)全书脱稿于新安,历时三十年。小说成书后即在河南各地传抄,晚清时期宝丰藏书家杨淮曾打算刊印《歧路灯》,由于各种原因未能实现。冯友兰、冯沅君于 1927 年在北平朴社刊印了前二十六回。1937 年上海明善堂出版一百零五回本排印本《歧路灯》,1980 年中州书画社(今中州古籍出版社)出版栾星校注的一百零八回本。

二、《歧路灯》主要内容及文学史地位

《歧路灯》以明朝嘉靖年间为历史背景,讲述浪子回头的故事,是中国古代

家庭教育小说创作的成功范例。晚清人张廷绶评之为"救才士之良药,渡幼学之宝筏。"①

李绿园对《歧路灯》的创作可谓苦心孤诣,有的放矢。全书寓教育于批判嘲讽之中,不但对青少年有教育意义,而且对教师、商人、父母以及各级官员等都有启发作用。

《歧路灯》对当时各种丑陋的社会现象进行了深刻的批判。明清之时,佛、道等宗教落后势力渗透社会,与世俗黑恶势力同流合污,愚弄无辜青年,破坏家庭幸福,这种丑恶的不良现实受到了作者的无情批判。小说不但对狐朋狗友、世态炎凉的市井之徒进行了无情的鞭挞,而且对个别奸商的描写十分精准,如王经千等奸商狡诈刻薄的性格在书中暴露无遗。此外,对一些读书人的不良习气也描写得惟妙惟肖,至今读来仍有教育意义。

李绿园"舟车海内"二十年,视野十分开阔,对祖国各地的文化风俗、社会百态相当熟悉。《歧路灯》对教育文化、戏曲文化、阴阳学说、中医大夫、风水先生、江湖术士、基层官吏、店家脚户,各地庙会、文物古迹、佛寺道观,婚丧嫁娶之俗等,无所不谈。叙述河南名产,介绍河南佛教概况,如数家珍,历历在目。

李绿园怀有十分强烈的传播优秀文化的自觉担当意识。小说中写道,为了保存和弘扬中原文化典籍,谭绍衣不但告诫谭绍闻父子要留心搜罗祖先著述,而且当得知盛希侨、盛希瑗兄弟家有先人著述藏版时,迫不及待地想了解情况,尽力搜罗到手,传播到南方去,促进文化交流。这些实际上也是作者李绿园的一种文化情结的寄托。同时,对经济文化发达的江南赞不绝口,无论是谈酒谈茶,谈中医大夫,谈教书先生等,都要与江南相联系。如"南酒"(绍兴酒)、"江南名医""江南的举人""江南的物产""江南的刻字匠"等等。

《歧路灯》全书语言生动,亦庄亦谐。作者娴熟地运用了鲜活地道的河南方言,巧妙运用了大量谚语俗语,既寓意深刻,又生动活泼,极富表现力和感染力。同时,作者还善于运用古语,信手拈来,不着痕迹。缩略词的熟练运用,也是该书的一个重要语言特色,如"豫会""开祥""新开""开正""增首""附首"

① 朱姗:《新发现〈歧路灯〉张廷绶题识及其学术价值》,《文学研究》,2015 年第 1 期,第 157 页。

"额贺"等缩略词,词形简单而意义丰富。此外,还有一些文化礼俗词语也首次出现于《歧路灯》一书,丰富了汉语词汇宝库。李绿园古文功底深厚,擅长公务文书写作,一些书信、告示、诉状,写得典雅得体,富于文采。同时又具有驾驭宏大场面的能力,如第三回对开封庙会的描写,第六十二回对殡埋谭孝移场面的描写,第一百零七回对谭簧初娶亲场面的描写,极尽铺叙夸张之能事,绘声绘色,栩栩如生。

《歧路灯》是一部百科全书式的作品,内容包罗万象,成为研究清代语言、文学、社会、经济等方面的重要资料。

《歧路灯》展示了浩瀚的生活图景和极其宽广的社会领域,不但是一部教育小说,也是一部世情小说,是中国文学史上一部优秀长篇白话小说,在中国小说史上占有非常重要的地位。因其丰富而切实的教育思想,在民间被视作教子弟书而辗转传抄,从豫西、豫中到河南各地,甚至传布到浙江、河北、北京、上海等地。

三、《歧路灯》清代抄本发现简况

《歧路灯》长期以抄本形式流传,有多种不同的抄本和印本。截至目前,能见到的抄本和印本共 17 部。

《歧路灯》抄本的发现与研究大致可以分为三个阶段。

在第一阶段,即 20 世纪 60 年代至 80 年代,由栾星先生最早开启《歧路灯》版本的搜集与研究。据他调查,"清亡至抗日战争之前这段时间中,为人持有的旧抄本,有二十六部之多。"[1]20 世纪 60 年代,他把自己搜罗到或寓目的 11 种版本的《歧路灯》,分别命名为乾隆抄本(或称乾隆庚子过录本)、旧抄本甲、旧抄本乙、安定小斋抄本("小"应作"筱",下文均称安定筱斋抄本)、晚清抄本甲、晚清抄本乙、晚清抄本丙、荥泽陈云路家藏抄本、冯友兰抄本、洛阳石印本和朴社排印本,并根据有无《家训谆言》,将其使用过的 9 种版本的《歧路灯》分为新安传出本、宝丰传出本以及二者的合流本三个系统。上述抄印本现

---

① 栾星:《〈歧路灯〉研究资料》,中州书画社,1982 年,第 32 页。

存有乾隆抄本(或称乾隆庚子过录本)、安定筱斋抄本、晚清抄本甲、晚清抄本丙、冯友兰抄本、洛阳石印本和朴社排印本7部。

第二阶段开始于2010年。2010年8月,首届海峡两岸《歧路灯》学术研讨会在河南平顶山召开,在这次会议上,河南大学崔晓飞博士提交了《〈歧路灯〉栾星校注本献疑》一文,文章利用上海古籍出版社影印之上图藏本对栾星校注本在标点符号、字词语句、衍轶编排、注释引文等方面存在的问题进行了分析;笔者提交了《〈歧路灯〉词语校勘问题初探》一文,在对栾校本20个词语的校勘问题进行讨论基础上指出:"栾校本应是新安传出本与宝丰传出本两个系统的结合本。"①之后,为开展《歧路灯》词汇研究,笔者开始调查各种《歧路灯》版本,试图比较其异同。曾先后到河南省图书馆、国家图书馆调查《歧路灯》清代抄本,2012年发表《〈歧路灯〉版本考论》一文,对国家图书馆藏清代抄本和上海图书馆藏清代抄本及与它们同一系统的有关抄本或印本进行了分析梳理,提出了《歧路灯》版本的"国图本"与"上图本"分类的"二分法"。② 2013年初,专程到河南省文化艺术研究院调查该院所藏《歧路灯》清代抄本,是年底到洛阳访查民间所藏绿野堂《歧路灯》抄本。经过这些努力,向学界介绍了国图藏本、上图藏本、绿野堂抄本和河南艺术研究院藏本4种抄本。

第三阶段,2014年至2017年。自2014年开始,朱姗在北京大学图书馆、国家图书馆、清华大学图书馆、浙江省图书馆、河北保定市图书馆发现了6部《歧路灯》清代抄本,她分别命名为吕寸田评本、张廷绶题识本、崔耘青旧藏本、马廉旧藏本、浙图本和保定本,发表相关论文加以讨论,并在2017年6月完成的博士论文《〈歧路灯〉的版本与文献研究》中做了全面介绍。

至此,目前能够见到的《歧路灯》清代抄本和民国时期的印本已达17部,除了河南公、私有收藏外,《歧路灯》抄本还传播到河北、北京、上海、浙江等

---

① 《歧路灯》海峡两岸学术研讨会组委会:《〈歧路灯〉海峡两岸学术研讨会论文集》,2010年8月,第251页。

② 可参考朱姗:《〈歧路灯〉的版本与文献研究》,2017年北京大学博士论文,第42页。另外,在以前的研究中,笔者把国家图书馆藏《歧路灯》清代抄本称作国图抄本,把上海图书馆藏《歧路灯》清代抄本称作上图抄本,在本书以下的讨论中均改称国图藏本和上图藏本。

省市。在这 17 部中,清代抄本有 15 部,其基本情况如下表。

表 1 《歧路灯》清代抄本及其收藏情况

序号	抄本简称	收藏地或人及卷数
1	乾隆抄本(乾隆庚子过录本)	河南省图书馆,现存 46 回
2	安定筱斋抄本	郑州市图书馆,现存 71 回
3	晚清抄本甲	开封市图书馆,现存 108 回
4	晚清抄本丙	栾星先生收藏,现存 17 回①
5	洛阳清义堂石印本②	国家图书馆,现存 105 回
6	国图藏本	国家图书馆,现存 105 回
7	绿野堂抄本	洛阳民间收藏,现存 39 回
8	河南艺术研究院藏抄本	河南艺术研究院图书室,现存 46 回
9	上图藏本	上海图书馆,现存 107 回
10	吕寸田评本	北京大学图书馆,现存 108 回
11	张廷绶题识本	北京大学图书馆,现存 107 回
12	浙图本	浙江图书馆,现存 108 回
13	马廉旧藏本	清华大学图书馆,现存 106 回
14	崔耘青旧藏本	国家图书馆,现存 108 回
15	保定本	河北保定市图书馆,现存 45 回

---

① 栾星先生在《歧路灯》"校勘说明"中说:"晚清抄本丙……我得到此书时,残存八至五十二共四十五回。总回数不详。"(见栾星校注:《歧路灯》,中州书画社,1980 年,第 1017 页。)根据实际情况,并不是从八至五十二回共四十五回都完整地保留下来,而是只保存有十七回,分别是第八回、第九回、第十回、第十一回、第十二回、第十七回、第十八回、第三八回、第三九回、第四十回、第四一回、第四七回、第四八回、第四九回、第五十回、第五一回、第五二回。

② 洛阳清义堂石印本据抄本原本石印,其实仍相当于一部抄本。张青莲在洛阳清义堂石印本《歧路灯书后》中说:"友人杨君勉夫有《歧路灯》抄本,暇与李君仙园、寇君谨斋、李君献廷等兴念及此,欲石印广布,余极为赞成。诸君子亦多以资来,遂付剞劂。惜冗务匆匆,未及校勘,仅依原本,未免以讹传讹,然学者以意默会,自有以观其通者。……甲子秋邑后学张青莲谨跋。"(详见民国十三年洛阳清义堂石印本之张青莲《〈歧路灯〉书后》)因此,我们也将其看作一部抄本。

《歧路灯》抄本或印本,从大的方面看,基本可以分为国图藏本和上图藏本两个系统。它们的差别主要表现在两个方面,一是定稿时间不同。国图藏本系统的祖本署名时间为"乾隆四十二年七夕之次日",上图藏本的祖本署名时间是"乾隆丁酉八月白露之节",国图藏本系统祖本早于上图藏本系统祖本。二是内容方面存在差异。上图藏本系统比国图藏本系统多出一回,即第九回"柏永龄明君臣大义 谭孝移动父子至情"。此外,国图藏本系统各本存在缺少回末诗或回末诗不完整的情形,而在上图藏本各本中回末诗则较为完整。而且,同一系统内部的各抄本之间,又有程度不等的差异。随着研究的推进,也许还会发现更多的《歧路灯》抄本。

四、国内《歧路灯》异文研究概况

本书所谓的异文,指校勘学意义上的异文,是指"同一文献的不同版本以及同一文献的本文与在别处的引用文字的差异。"①自栾校本出版以来,《歧路灯》的词汇和语法研究取得了可观的成就,其异文材料也受到了一些学者的关注和利用,主要表现在以下三个方面。

(一)利用异文材料进行词语考释

苏杰《〈歧路灯〉文言词语考异》(《兰州学刊》2010 年第 3 期),利用上图藏本与栾校本异文,对栾校本词语注释中的失误进行了辨正;笔者的《〈歧路灯〉词语例释》(《南阳师范学院学报》2012 年第 8 期),考释了上图藏本、安定筱斋抄本和洛阳石印本中的异文词语。

(二)版本异文比较研究

笔者的一些研究成果如《〈歧路灯〉版本考论》(《求索》2012 年第 7 期),通过异文比勘厘清了《歧路灯》部分版本的演变脉络,指出《歧路灯》的版本可以分为国图藏本和上图藏本两个系统;《校注本〈歧路灯〉存在问题初探》(《平顶山学院学报》2012 年第 4 期),通过栾校本与乾隆抄本、安定筱斋抄本、上图藏本异文的比较,初步揭示了栾校本对底本的"删削"和"施针线"情况;

---

① 陆宗达、王宁:《训诂方法论》,中国社会科学出版社,1993 年,第 188 页。

《新发现绿野堂〈歧路灯〉抄本刍议》(《南阳师范学院学报》2014 年第 5 期),比较了上图藏本和绿野堂抄本的异文词语;《栾星校勘记与〈歧路灯〉版本分类》(《平顶山学院学报》2017 年第 4 期),根据栾星校勘记所记的版本异文信息,分析了《歧路灯》有关版本的差异,进一步厘清了国图藏本和上图藏本两个版本系统的传承关系。朱姗在其博士论文《〈歧路灯〉的版本与文献研究》中,通过诸版本的异文,分析了不同版本系统的繁简差异和有关抄本的特点。

(三)利用异文对栾校本失误之处进行匡正

苏杰《〈歧路灯〉校点与明清社会生活》(《明清小说研究》2010 年第 2 期)、刘洪强《栾星本〈歧路灯〉校勘疏漏举隅》(《宁波大学学报》2014 年第 1 期)、笔者的《〈歧路灯〉词语校勘补遗》(《平顶山学院学报》2011 年第 3 期)等文,都通过比勘上图抄本与栾校本异文,对栾校本的词语失校情况进行了详细考辨。朱姗《〈歧路灯〉栾校本校勘疏漏补遗》一文,利用吕寸田评本、国图藏本、马廉旧藏本、上图藏本的文字对栾校本的疏失之处进行了补正。①

上述学界从异文视角对《歧路灯》词语考释、词语比较及文本校勘等方面的研究,拓展了研究方法和研究视野,一些疑难词语得到准确考释,文本校勘问题受到了重视,版本传承线索得以厘清,为今后研究打下了较好基础。但是,《歧路灯》异文研究还存在可以开拓的空间。在现存 15 种清代抄本中,当前学界利用最多的是上图抄本,近年发现的其他完整抄本尚未得到深入研究。因此,对《歧路灯》清代抄本异文进行全面研究,梳理其版本源流,探讨其中的词汇学、方言学等信息,无论是对近代汉语的理论研究,还是对语文辞书的编纂及古籍整理等实践应用都非常有必要。

五、《歧路灯》清代抄本异文研究的意义

《歧路灯》各抄本之间存在大量的异文,这些异文蕴涵着丰富的语言文字和社会历史文化信息,为研究清前期至晚清汉语言演变提供了直接材料,是进

---

① 朱姗:博士论文《〈歧路灯〉的版本与文献研究》,第 289—297 页。

行汉语史研究的重要资料,可以为近现代汉语词汇学、方言学及语法学研究提供新资料,并可以直接应用于语文辞书编纂和古籍整理等实践。

(一)可以抉发出大量方言词语,推进汉语方言词汇研究

《歧路灯》是记录18世纪中原官话的宝贵资料,各抄本保存了非常丰富的河南方言词语。如克扣别人钱财,有的抄本用"落",有的抄本用"落阁";把东西放起来,有的用"藏",有的用"抬",还有的用"抬搁",等等,这些词语至今仍活跃在现代河南方言之中。同时,《歧路灯》中还有其他方言的信息,如父亲的称谓词,既有中原官话的"达",也有吴语、徽语与中原官话共同使用的"奢";又如有的抄本将购物票据称作"飞子",这是江淮官话和西南官话的词语。这些异文词语不但有利于开展方言词汇的比较研究,而且可以考察18世纪中后期近代汉语向现代汉语演进的轨迹。

(二)有利于提高《歧路灯》的整理水平

现在最通用的《歧路灯》版本是1980年中州书画社出版的栾星校注本,但是据栾星先生自述,该校注本是综合三种残本连缀、合校而成,且整理过程中对底本和参校本进行了不少"补缀""删削"和"施针线"工作。如栾校本全书普遍将"狠"改为"很","甚么"改成"什么","担阁"改成"耽搁",将"这的""那的"改成"这里""那里",等等。此外,还有不少因对词语意义理解有误而改动的现象,如:"你这个盛价狠去的人,你要重用他。"其中"去的"一词,上图藏本和国图藏本同作"去的",洛阳石印本作"去得",安定筱斋抄本作"好的",属于同义异文。而栾校本却将"去的"改为"使得",意义大不相同。"去的(得)"有"好,不坏"之义,是清代一个常用词,在《醒世姻缘传》《红楼梦》等中都有运用。栾校本上述处理,给语言研究带来不便。异文词语具有重要的辨误、校勘价值,开展异文研究,一方面可以检视栾校本存在的问题,另一方面可以判断各抄本的正误,去伪存真,提高《歧路灯》校勘质量。

(三)能够为大型辞书《汉语大词典》和《近代汉语词典》提供大量
　　新词条和新书证

前述克扣别人钱财的"落"与"落阁"为同义异文词语,《汉语大词典》《近代汉语词典》均未收"落阁"一词。"抬"有"藏"义,二书也均未收录;"抬"与"搁"为同义词,组成的同义复词"抬搁"《汉语大词典》未收,而《近代汉语词

典》释为"摘取搁放",不够确切。我们还发现,各抄本中出现的缩略词语及文化词语,两部大型语文工具书也多未收录。因此,通过《歧路灯》异文词语及其用法的归纳与研究,可以为《汉语大词典》和《近代汉语词典》提供一大批新词条和新书证。

(四)可以归纳出一批反映汉语常用词共时运用和历时更替的新材料

《歧路灯》内容广泛,涉及政治、经济、司法、戏曲等方面,被学者誉为"百科全书式作品"。《歧路灯》各抄本异文中有大量的常用词,其间既有单音词的替换,又有双音词的替换以及单音词和双音词之间的交互替换,形式多样,信息量大。总结其替换情况,有利于探讨近代汉语常用词的共时运用和历时发展演变规律。

(五)有助于汉字学研究

作为一部通俗文学的抄本文献,《歧路灯》各抄本中有大量的俗字,如"舅—旧""学—孝""纸—帋"等。此外,各抄本中还有大量的异体字、通假字等,对此加以挖掘整理研究,既可以为《汉语大字典》提供例证、增补字形,进一步改进疑难俗字考释,又可以总结近代汉字发展的规律,有助于现代汉字的规范化。

第一章
《歧路灯》主要抄本概述

栾星曾按有无《家训谆言》将其见到的 9 种《歧路灯》抄本分为新安传出本、宝丰传出本以及二者的合流本三个系统①。吴秀玉又进一步指出乾隆抄本、晚清抄本甲、乙为新安传出本，旧抄本甲、乙、安定筱斋抄本、晚清抄本丙、荥泽陈云路家藏抄本为宝丰传出本②。徐云知与栾星、吴秀玉持同样观点③。我们经过比较有关抄本之后发现，这种分类并不符合《歧路灯》抄本的实际情况。

目前能见到的《歧路灯》抄本有乾隆抄本（或称乾隆庚子过录本）、安定筱斋抄本、晚清抄本甲、晚清抄本丙、洛阳清义堂石印本、国图藏本、上图藏本、绿野堂抄本、河南艺术研究院藏本、吕寸田评本、张廷绶题识本、崔耘青旧藏本、马廉旧藏本、浙图本和保定本等。

如果按不同抄本内容情况，特别是有无第九回"柏永龄明君臣大义　谭孝移动父子至情"，可以把上述《歧路灯》抄本（除"保定本"外）分为两大类，或者说两大系统，一是以国图藏本为代表的版本系统，一是以上图抄本为代表的版本系统。前者均无"柏永龄明君臣大义　谭孝移动父子至情"一回（下文简称第九回），后者均有此一回。下面，对两类版本的有关抄本加以简单介绍。

---

① （清）李绿园撰，栾星校注：《歧路灯》，中州书画社，1980 年，第 1015、1018 页。

② 吴秀玉：《李绿园与其〈歧路灯〉研究》，台湾师大书苑有限公司，1996 年，第 135 页。

③ 徐云知：《〈歧路灯〉版本考》，《学术交流》，2004 年第 1 期，第 156 页。

一、没有"柏永龄明君臣大义 谭孝移动父子至情"内容的 相关抄本

在《歧路灯》抄本中,目前能见到的没有"柏永龄明君臣大义 谭孝移动父子至情"这一回内容的抄本,包括国图藏本、安定筱斋抄本等 10 部抄本。各抄本的基本情况如下。

(一)国图藏本

20 卷,105 回,半页 9 行,每行 25 ~ 27 字不等。卷首依次为抄录人题记文字、家训谆言八十一条和歧路灯序,序后署"乾隆四十二年七夕之次日绿园老人题于新邑之东皋书舍"。全书卷末在第一〇五回之后,附有抄录人所写文字一段。

抄录人卷首题记和卷末所写文字简要介绍了作者李绿园的基本情况、抄写经过、评价、读法、卷数和回数等,对认识国图藏本的性质至关重要,特抄录如下:

卷首题记文字:

> 先生姓李,名海观,字孔堂,号绿园。筮仕南黔之印江。
>
> 余于丁酉岁从学于马行沟,敬读此书,始娱其文字之妙、笔墨之佳,且其命意措词大有关于世道人心。迨归,越明年,自春徂秋,抄于众人之手而成焉。
>
> 余素性颇偏,书本务要整齐,纸张必要干净,不惟丢其本而余不乐,即污其本而余亦不乐也。谅之。昨有人借看此书者,纸皮大为翻折,书边手汗污秽,而且以烟油涂抹于其上,殊属闷闷。
>
> 每至学中,见有书本斜乱,纸张污秽,虽与己无涉,而究非恭敬人、小心人也。
>
> 前有某某老先生至余馆中,慕绿园先生文集,时余方订新,颇为可观。乃彼偏不置之案上,倒身后靠,背折书皮。言之,则前辈先生;不言,实屈于心焉。余素不自私其有,况奇文之共欣赏者乎!乃乡间有不

大通书理者,假贪看闲书而冒识字之名,只像实有其事,实有其人。凡类是而欲借此书者,尽行打脱,以留为有目之共赏耳。

吕中一评《歧路灯》有曰:"以左丘司马之笔法,写布帛菽粟之文章。"允为的评。

学者欲读《歧路灯》,先读《家训谆言》,便知此书籍发聋震聩,训人不浅,非时下闲书所可等论也,故冠于篇首。(注:分段为原分段,标点系本书作者所加。下同)

卷末文字:

马行沟里印江公、迁居宝丰李先生作一部《歧路灯》,百有五回,卷二十。义取岔路设明灯,约略千万盏,处处不落空。照夷险,引正经,老幼男女齐照映。会看便得明光路,涉猎仍旧黑洞洞。随人看,看不同,贴身才有功。韩文山题。

我们认为,以上卷首题记与卷末文字均出自韩文山之手,韩文山应为李绿园在新安马行沟教书时的学生。据栾星《绿园年谱》、董作宾《李绿园传略》以及李春林的口述材料[1],李绿园于乾隆丁酉年(1777)到新安马行沟教书,是年八月在此完成《歧路灯》的创作,韩文山应在此时受业于李绿园。乾隆己亥年(1779),李绿园南返宝丰,韩文山于庚子年(1780)完成《歧路灯》的抄写工作。

栾星指出:"《歧路灯》是绿园于乾隆四十二年(1777)在新安脱稿的,当即由新安传抄,渐及豫西各地。"[2]从国图藏本抄录人题记文字看,李绿园的学生也曾参与传抄工作,而且可能还是最早的传抄者。

国图藏本内容完整,抄写认真,全书仅在第一〇三回"谭念修爱母偎病榻 王象荩择婿得东床"的一回有对"颡"字的注释:"颡音瞒,颡顸大面也。"此外无注释,无评语。

---

[1] 李春林:《李绿园生平及家世》,《平顶山市文史资料》,1987 年第 1 辑,第 133—142 页。

[2] (清)李绿园撰,栾星校注:《歧路灯》,第 1018 页。

（二）安定筱斋抄本

安定筱斋抄本,20 卷,回目标为 108 回,现存 14 卷,71 回。半页 12 行,每行 26 字,无《家训谆言》。现藏河南省郑州市图书馆,该馆定为嘉庆年间抄本。栾星先生在校勘记中简称安本。

（三）晚清抄本甲

晚清抄本甲 14 卷,108 回,半页 9 行,每行 25～26 字。卷前有歧路灯序、歧路灯总目,卷末正文后附有绿园家训谆言七十八条及课童常礼等,现藏河南省开封市图书馆。栾星先生在校勘记中简称开本。

（四）晚清抄本丙

栾星先生收藏。卷数不详,现存 17 回,分别是第八回、第九回、第十回、第十一回、第十二回、第十七回、第十八回、第三八回、第三九回、第四十回、第四一回、第四七回、第四八回、第四九回、第五十回、第五一回、第五二回。半页 9 行,每行 26～30 字不等。栾星先生在校勘记中简称许本。

晚清抄本丙已残,从现存回目看,抄本丙与抄本甲有相同之处。一是两本第八至五十回的回目顺序相同;二是两本都将国图藏本的第五十回"入匪场幼商陨命 央乡宦赌棍画谋"变为两回,分别是它们的第五十回"入匪场小商殒命 坐监牢幼学含冤"和第五十一回"遭人命焦舟送信 央乡宦赌棍画谋"。

（五）洛阳清义堂石印本

洛阳清义堂石印本(栾星先生在校勘记中称之为石印本,下文简称石印本),1924 年由洛阳清义堂石印,20 卷,105 回,半页 12 行,每行 26 字。国家图书馆有藏本,洛阳民间也有人藏有该本。另据栾星先生介绍,《晋阳秋》作者慕湘先生也藏有该本。①

石印本卷首依次为抄录人题记文字、家训谆言八十一条、歧路灯序,卷末同国图藏本一样,也有韩文山所写的一段文字。

---

① 栾星:《〈歧路灯〉研究资料》,第 115 页。另据杜云虹《蓬莱慕湘藏书楼所藏明清小说戏曲概述》(《山东图书馆学刊》,2017 年第 4 期,第 27—31 页),慕湘(1916—1988),生前喜藏书,所收多小说、戏曲、诗文集。现在蓬莱慕湘藏书楼也许收藏有洛阳石印本《歧路灯》。

石印本回目文字与国图藏本基本相同,仅在 7 个地方稍有差异。如国图藏本第七十三回"王春宇正言匡宅相　张绳祖巧词诱书生"中的"巧词",石印本为"巧言";第七十六回"巧门客代筹庆贺名目　老学究自叙学问渊源"的"渊源",石印本作"根源";第八十二回"谭绍闻筹偿生息债　盛希侨威摄滚算商"中的"生息债",石印本作"利息"等。

石印本与国图藏本对韩文山在书后所写文字的安排略有不同。石印本在第一〇五回末将韩文山所写:"马行沟哩印江公、迁居宝丰李先生作一部《歧路灯》,百有五回,卷二十。义取岔路设明灯,约略千万盏,处处不落空。照夷险,引正经,男女老幼齐照映。会看便得明光路,涉猎仍旧黑洞洞。随人看,看不同,贴身才有功。韩文山题"这一段文字,放在正文"今日这席面,好生畅快人也。席完簪初出署回家。这贺客盈门,不必细述……笔墨至此,不必再往下赘,可完一部书矣"之后;而国图藏本则把这些文字抄在正文"今日这席面,好生畅快人也。席完簪初出署回家"与"这贺客盈门,不必细说……笔墨至此,不必再往下赘,可完一部书矣"之间。

总体上看,石印本所据底本与国图藏本差别不大,其出现时间应比国图藏本稍晚。关于石印本,栾星曾认为石印本"所据底本传自新安,乃乾隆庚子过录本经辗转重写而晚出者。"[1]这种观点与事实不符。

(六)绿野堂抄本

2013 年年底,笔者在洛阳见到一部绿野堂《歧路灯》抄本(下文简称绿野堂抄本),原书为二十卷,一百零五回。该抄本每页 9 行,每行 24 字,抄写工整,现有四函,每函封面均冠以"绿野堂《歧路灯》",并按"乾元利贞"顺序分装。

绿野堂抄本与《歧路灯》其他抄本相比,一个突出的特点是在卷首"序"后有如下一段文字:

"撰书者李先生讳海观,字孔堂,号绿园,祖居新安马行沟,迁居南阳府宝丰县,知贵州印江县事。告休后设教于本家,号绿园老人,其堂

---

[1]　(清)李绿园撰,栾星校注:《歧路灯》,第 1017 页。

名绿野堂,所著诗卷为《绿野诗草》。同道者称李孔堂先生,其友辈呼以为李孔老云。"

这段文字是目前所见到的其他各抄本都没有的,其所揭示的李绿园堂号及诗作等信息,对李绿园及《歧路灯》研究具有重要的意义。据道光十七年《宝丰县志》:"李绿园著《绿园诗稿》、《说黔》共四卷,《拾菌录》十二卷,《歧路灯》二十卷。"①绿野堂抄本《歧路灯》的卷数与《宝丰县志》的著录一致。

绿野堂抄本卷数及分卷和国图藏本相同。

(七)吕寸田评本

北京大学图书馆藏。全书十四卷,一百零八回。按卷分册,共十四册,各卷前有目次。卷首有李绿园《歧路灯序》,末署"乾隆四十二年七夕之次日绿园老人题于东皋麓树之阴时年七十有一"。正文半页抄十行,每行约二十字。卷末附《家训谆言》七十八条。②

(八)张廷绶题识本

北京大学图书馆藏。不分卷,二十册。一百零七回。卷首有清人张廷绶题识,次《家训谆言》八十则,次李绿园《歧路灯序》,序后署"乾隆四十二年七夕之次日绿园老人题于新邑之东皋书舍",次《歧路灯》目录,次正文。半页九行,每行约二十字。③

(九)崔耘青旧藏本

国家图书馆藏。全书十四卷,一百零八回,十四卷,共十四册,各卷前有目次。卷首有李绿园《歧路灯序》,末署"乾隆四十二年七夕之次日绿园老人题于东皋麓树之阴时年七十有一"。半页十二行,每行约 28～30 字不等。卷末附《家训谆言》七十八条。④

---

① 宝丰史志编纂委员会:(清道光十七年)《宝丰县志》,中州古籍出版社,1987年,第 410 页。

② 朱姗:博士论文《〈歧路灯〉的版本与文献研究》,第 13 页。

③ 朱姗:博士论文《〈歧路灯〉的版本与文献研究》,第 20 页。

④ 朱姗:博士论文《〈歧路灯〉的版本与文献研究》,第 27 页。

（十）浙图本

浙江图书馆藏。全书二十卷，一百零八回。按卷分册，共二十册，各卷首有目次。有李绿园《歧路灯序》，末署"乾隆四十二年七夕之次日绿园老人题于东皋麓树之阴时年七十有一"。次《歧路灯》卷一目次，次正文。首卷卷端题"父城鱼齿山绿园老人著"。半页十二行，每行 28～42 字不等。卷末附《家训谆言》七十八条。①

以上 10 部抄本，后 4 部笔者没有见到，这里是根据朱姗的介绍加以转述的。但这 10 部抄本的共同特征是没有第九回"柏永龄明君臣大义　谭孝移动父子至情"内容，与传自新安或宝丰并没有多大关系。

二、内含"柏永龄明君臣大义　谭孝移动父子至情"内容的相关抄本

这一类抄本除了上图抄本之外，还有乾隆庚子过录本、河南艺术研究院藏本、马廉旧藏本等。其基本情况如下：

（一）上图藏本

上海图书馆藏，18 卷，总回目标为 106 回，第十回重出，"谭忠弼朝天瞻圣主　娄潜斋借地慰良朋""盲医生乱投药剂　王妗奶巧请巫婆"两回均标为第十回，全书实为 107 回。卷首依次为序、歧路灯目录、目录下署"绿园观堂李海观著"。该抄本半页 9 行，每行 27～28 字，无《家训谆言》。自序已残，正文也略有残损，如第七十回末、第九十回末与第一〇六回末等。

（二）乾隆庚子过录本

河南省图书馆藏。栾星先生称之为乾隆抄本，又称乾隆庚子过录本。卷前有 108 回总回目，第一〇八回有序号无回目文字与之对应，实为 107 回，目前仅存前 46 回，半页 9 行，每行 29～30 字。因该抄本总回目中不分卷，总卷数不详，卷首依次为抄录人题记文字、家训谆言八十一条、序及总回目等内容。

---

① 朱姗：博士论文《〈歧路灯〉的版本与文献研究》，第 30 页。

在校勘记中栾星先生又称该本为乾抄本。

关于乾隆庚子过录本的抄写时间,栾星先生认为是在乾隆庚子年即1780年,因此他又称其为乾隆庚子过录本。笔者在《〈歧路灯〉版本考论》一文中认为其出现时间可能晚于国图藏本。王以兴《〈歧路灯〉弟子过录本的时间辨误及其他》一文认为,乾隆抄本的出现时间应早于国图藏本,且抄写于乾隆己亥年即1779年。其主要是依据对卷首题记中"迨归"一词的重新理解。

从现存情况看,无论是国图藏本还是乾隆抄本,卷首都有如下一段题记文字,二本文字稍有不同,这里将乾隆抄本部分文字引述如下:

> 先生名海观,字孔堂,号绿园。筮仕南黔之印江。余于丁酉岁从学于马行沟,敬读此书,始悮(国图藏本作"娱")其文字之妙,笔墨之佳,且其命意措词大有关于世道人心。迨归,越明年,自春徂夏,抄于众人之手而成焉。余素性颇偏,书本务要整齐,纸张务干净。不惟丢其本而余不乐,即污其本而余亦不乐焉。谅之。昨有人借看此书者,纸皮大为翻折,书边手汗污秽,而且以烟油涂抹于其上,殊属闷闷。……

王以兴指出,栾星先生之所以把乾隆抄本的抄写时间定于庚子年即1780年,是因为对"迨归"的理解有偏差。他说:"由于'迨'字表示事情完成的意义最为常见,使得栾星先生将'迨归'一句误解为'等到先生归家后'的意思了。其实'归'字本身并不指示动作已经完成,所以如果按照栾先生的解释,那么原文就应该是:'迨归家(之)后……'"[1]王以兴通过对"迨"字出现的语法环境和含义的分析,认为"从语法上看,'迨归'的意思应当是'等到先生将归乡的时候。'"[2]

经过调查,《汉语大词典》在"归"之"返回"义项下所举例证为《水浒传》第七十二回:"从小在外,今日方归。"仅凭这一句话,我们难以判断"归"的动作

---

① 王以兴:《〈歧路灯〉弟子过录本的时间辨误及其他》,《山西师大学报》,2015年第1期,第136页。

② 王以兴:《〈歧路灯〉弟子过录本的时间辨误及其他》,《山西师大学报》,2015年第1期,第136页。

是否完成。为了便于理解"归"的意义，现补充抄录原文如下：

> 梅香入去，不多时，转出李妈妈来，燕青请他坐了，纳头四拜。李妈妈道："小哥高姓？"燕青答道："老娘忘了，小人是张乙的儿子张闲的便是，从小在外，今日方归。"（施耐菴、罗贯中著《水浒全传》第七十二回，上海人民出版社，1975年第1版，第890页）

从上下文可以看出，这里的"归"即指"返回"的动作已完成。

"迨"的常用义为"等到"，如：古有四大奇书，……迨于后世……（《歧路灯》序）那么，"迨归"即为"等到归来"之义。

"迨归"一词在《歧路灯》抄录人题记和序中共出现2次：

（1）迨归，越明年，抄于众人之手而成焉。

（2）元奘……当隋大业间随估客而西，迨归当唐太宗时，僧猎五十七，葬于偃师之白鹿原。

我们认为，这两例中的"迨归"都是"等到归来"之义。另外，从异文材料看，洛阳石印本《歧路灯》中，"迨归，越明年，抄于众人之手而成焉"作"暨归，越明年，抄于众人之手而成焉。""暨，已也。"（《集韵·质韵》）"迨归""暨归"都为"等到归来"或"归来之后"之义。王以兴把"迨归"理解为"等到先生将归乡的时候"，显然有误。

同时，这里"归"的主语应是承前省略，应为"余"，即《歧路灯》抄写者本人，而非指先生李绿园，如果补充完整则应是"迨余归"。前引《歧路灯》题记文字，抄写者是在追叙自己跟先生学习及抄写《歧路灯》的经过：丁酉年自己跟先生在马行沟学习，发现《歧路灯》文笔佳，命意高，第二年学业结束归来，就着手抄写，自春至秋，抄写完毕。这样叙述合理、自然。若一定将"迨归"与李绿园联系起来，且又释为"等到先生将归乡的时候"，"迨归，越明年"，串联起来就应该是"等到先生将要归乡的时候，到第二年"，这样理解让人难以接受。因此，"迨归"之"归"不大可能指李绿园，理解为是指抄写者较为合理。

乾隆丁酉年之后"越明年"，即乾隆戊戌年（1778）。这样，学生抄本的抄写时间应为1778年。既非栾星先生所说的庚子年（1780），也非王以兴所主张的己亥年(1779)。至于乾隆抄本是学生的抄本原稿,还是后来的转抄本,目前还难以确定。因为国图藏本、洛阳石印本都有这段题记文字。我们只能说最早的学生抄本是完成于乾隆戊戌年即1778年。据栾星先生考证,绿园于己亥年(1779)南返,那么戊戌年(1778)绿园仍在新安。

乾隆抄本卷首依次为抄录人题记文字、家训谆言八十一条、序及总回目等内容。乾隆抄本的抄录人题记文字与国图藏本基本相同。栾星根据乾隆抄本题记文字推断说:"据此知过录人为绿园在新安教书时的学生。绿园于乾隆己亥(四十四年),由新安南返宝丰。那么这部抄本当抄于乾隆庚子(四十五年),亦称乾隆庚子过录本。"①并认为"乾隆庚子过录本,为传世抄本最早者"。② 我们认为,这些说法值得进一步讨论。

我们不能仅凭抄录人题记文字来判定乾隆抄本为庚子年抄本,理由有二。

其一,石印本与明善堂排印本卷首也有抄录人题记文字和家训谆言八十一条等内容,我们不能根据这些内容认为这两个本子的底本是乾隆庚子年抄本,它们很可能是从学生抄本转抄的本子。乾隆抄本也具有类似的性质。

其二,从前文所引国图藏本卷末韩文山所写文字看,较早的学生抄本应为20卷105回。乾隆抄本卷数不详,回数为107回。此外,现藏于河南省图书馆的乾隆抄本,其抄录人题记与国图藏本有一定差异,序与国图藏本也有一定的差异。根据我们的比较,乾隆抄本与朴社本、上图藏本相同点较多,而与国图藏本差异明显。因此,乾隆抄本极有可能是经过学生抄本转抄而成的,其抄写时间晚于国图藏本。

王以兴既不同意栾星先生关于乾隆抄本"不是新安的最早抄本,它必尚有祖本"的说法,认为这是误断之词;也不同意笔者关于国图藏本早于乾隆抄本的看法。他认为河南图书馆所藏乾隆抄本早于国图藏本,是最早的抄本。他说:"其一,也是最主要的一点,河南图书馆藏本的卷首题语有一句话是:'敬读此书,始悟其文章之妙,笔墨之佳。'……国图藏本……'悟'字换成了'娱'字。……那么这一点就足以说明问题了。因为,在此处'悟'字显然要比'娱'

---

① (清)李绿园撰,栾星校注:《歧路灯》,第1015—1016页。

② (清)李绿园撰,栾星校注:《歧路灯》,第1018页。

字恰当、合适！李绿园的这位弟子表达的意思是：在仔细地阅读此书之后，才认识到其中文字笔触表达的佳妙之处。如果换成'娱'字，前后逻辑显然不通。"①

王以兴在文章中引用的"敬读此书，始悟其文章之妙，笔墨之佳"，既非乾隆抄本原貌，也不同于栾校本的《校勘说明》所引文字。河南省图书馆所藏乾隆抄本的文字是："敬读此书，始悮其文章之妙，笔墨之佳。""悮"即"误"。国图藏本、洛阳石印本和栾星先生的《校勘说明》均作"娱"。乾隆抄本可能由于字形相近而致误。这里使用"娱"字并非逻辑不通，仍能非常传神地描写出抄写者读《歧路灯》后的欣喜之情。

王在文中还说："因为，既然河南图书馆藏本要早于国图藏本，而且后者卷末有且只有韩文山一人的题语文字，那么，没有特殊情况的话，我们就可以基本判定国图藏本转抄的恰恰就是河南图书馆藏本，且河南图书馆藏本卷末没有任何题语。这也就说明河南图书馆藏本极有可能正是弟子过录本，即本文所确认的己亥过录本。"②

河南图书馆藏本《歧路灯》属于残本，栾星先生在20世纪60年代使用时即只存前46回，现在能阅读的也只有前40回，40回之后已无法检视，原卷末有无韩文山的题语，我们已无从知晓。

因此，上述两点不足以作为断定河南省图书馆所藏乾隆抄本与国图藏本的早晚，以及国图藏本是否抄自乾隆抄本等问题的依据。

国图藏本卷首序后题"乾隆四十二年七夕之次日绿园老人题于新邑之东皋书舍"，乾隆抄本序后题"乾隆丁酉八月白露之节碧圃老人题于东皋麓树之阴。"乾隆丁酉即乾隆四十二年。很明显，这两个抄本一个完稿于当年的七月，一个完稿于当年的八月。朱姗曾据此推测："乾隆四十二年七月，李海观尚未完成《歧路灯》的最终修订，此时传抄出的《歧路灯》，以第九回为代表的一系列情节缺失、诸多章节遗漏回末诗，似乎都在暗示作品的未完成状态。而到

---

① 王以兴：《〈歧路灯〉弟子过录本的时间辨误及其他》，《山西师大学报》，2015年第1期，第138页。

② 王以兴：《〈歧路灯〉弟子过录本的时间辨误及其他》，《山西师大学报》，2015年第1期，第138页。

了乾隆四十二年八月,李海观补充了以第九回为代表的一系列情节,增补了各回所缺漏的回末诗,乾隆庚子过录本、上图本所反映的正是这一改定本《歧路灯》的风貌。"①这些判断是合乎事实的。另外,如果像王以兴在文章中所说的那样,国图藏本抄自乾隆抄本,其序中文字比乾隆抄本完整、序后署名与乾隆抄本又不一致、缺漏乾隆抄本中的第九回内容等现象,就难以得到合理的解释。因此,国图藏本早于乾隆抄本的判断应是能成立的。

王以兴之所以作出上述的判断,可能与其掌握的材料有关。他在文章中也说:"我们从己亥过录本题语可知吕中一的序或评语却似乎没有被该抄本抄录,这在徐云知对河南图书馆藏本即栾星先生所谓的'庚子过录本'的介绍中也可得到印证。"②如果他依据乾隆抄本,就不会有上述的"悟""娱"之辨,也不会有"河南省图书馆藏本卷末没有任何题语"的判断。除此之外,他引证的李绿园《己亥新安南旋过潢河即景》一诗,也有若干处文字错误。如原诗为"迤逦徒杠跨碧溪,残霞点缀夕阳西",而引用时将"徒杠"误作"徒杜"。③"徒杠"据《汉语大词典》的释义,可知是"指可供徒步行走的小桥。《孟子·离娄下》:'岁十一月,徒杠成;十二月,舆梁成,民未病涉也。'朱熹集注:'杠,方桥也。徒杠,可通徒行者。'"④"徒杜"不可解。道光十七年《宝丰县志》的整理者已注明"杜"应作"杠"。王文之误是由于径引栾星先生的《歧路灯研究资料》,而没有参照道光十七年《宝丰县志》所造成。

(二)河南艺术研究院藏本

卷首有《家训谆言》,次为序,序末署"乾隆丁酉八月白露之节碧圃老人题于东皋麓树之阴。"无总目,每卷卷首有目次,现存卷一、卷三、卷五、卷六、卷

---

① 朱姗:《新发现的吕寸田评本〈歧路灯〉及其学术价值》,《明清小说研究》,2014年第4期。

② 王以兴:《〈歧路灯〉弟子过录本的时间辨误及其他》,《山西师大学报》,2015年第1期,第138页。

③ 王以兴:《〈歧路灯〉弟子过录本的时间辨误及其他》,《山西师大学报》,2015年第1期,第137页。

④ 罗竹风:《汉语大词典》(第三卷),汉语大词典出版社,1994年,第973页。

七、卷八、卷九,共四十六回。半页9行,每行22字。①

(三)马廉旧藏本

清华大学图书馆藏。全书十六卷,第十回重出,一百零六回。按卷分册,共十六册,各卷首有卷一目次。卷首有目次,次"乾隆庚子过录题识";次《家训谆言》八十一条,次李绿园《歧路灯序》,末署"乾隆丁酉八月白露之节碧圃老人题于东皋麓树之阴。"半页十一行,每行约二十五字。②

除了以上14部抄本之外,还有一部保定图书馆藏本,据朱姗在其博士论文中的简单介绍可知,该本残存八册,四十五回,半页十行,每行二十五至三十五字。③ 笔者没有见过该本,其归属不易确定。

此外,还有两种比较重要的排印本,一为1927年北京朴社排印本,一为1937年上海明善堂排印本。

朴社排印本(栾星先生在校勘记中简称其为朴社本,下文也称朴社本),书前有冯友兰《序》和董作宾《李绿园传略》,无《家训谆言》。第一回前署"宝丰李海观绿园著"。朴社本当年只印了前26回,但从卷前总回目看,全书分20卷,回目标为105回。回目中第十回分上、下,"谭忠弼朝天瞻圣主 娄潜斋借地慰良朋"为第十回上,"盲医生乱投药剂 王妗奶巧请巫婆"为第十回下;第八十四回重出,"巫翠姐忭言冲姑 王象荩侃论劝主"和"谭绍衣寓书发鄞县 盛希侨快论阻荆州"两回,都标为第八十四回,因而全书实为107回。栾星仅指出第十回分上、下篇,未注意到第八十四回的重出情况,认为朴社本是106回本。该本具有第九回"柏永龄明君臣大义 谭孝移动父子至情"的内容。

明善堂排印本1937年由上海明善堂排印,20卷,105回。卷首依次为抄录人题记文字、家训谆言八十一条及歧路灯序,书后也有韩文山所写的一段文字。据徐云知说,现藏于人民文学出版社和厦门大学。④ 笔者见到过栾星先生收藏的第56回至第105回,未能见到全本。明善堂排印本没有第九回"柏永

---

① 张萌:《〈歧路灯〉的戏曲研究价值及版本新考》,《东方艺术》,2001年第2期,第57页。

② 朱姗:博士论文《〈歧路灯〉的版本与文献研究》,第28页。

③ 朱姗:博士论文《〈歧路灯〉的版本与文献研究》,第32页。

④ 徐云知:《〈歧路灯〉版本考》,《学术交流》,2004年第1期,第159页。

龄明君臣大义 谭孝移动父子至情"一回内容。该本基本上具备国图藏本的主要特征,只是对国图藏本最后几回的回目有所改动。如国图藏本第九十九回"盛希瑗触忿邯郸县 娄厚朴探古赵州桥",在该本为"邯郸县盛希瑗动怒 赵州桥娄厚存抄诗";国图藏本第一○五回"一品官九重受命 两姓好千里来会",该本作"一品官九重受命 千里姻八座添庄"。

三、相关佚失版本的特点

除了上述可以见到的版本之外,还有一些栾星先生当年见到而今天已佚的部分抄本,也可以通过有关材料加以考索。

(一)从校勘记看已佚叶本、陈本特点

栾星先生在20世纪60年代整理《歧路灯》时使用过的抄本中,除了上面讨论的有关版本外,还有叶县传出旧抄本甲、叶县传出旧抄本乙、传出地不详的晚清抄本乙以及荥泽陈云路家藏本等。旧抄本乙当时残存回目六页、晚清抄本乙残存一册四回,后并佚,且校勘记中也没有提到这两个版本,此二本已无线索可考。

由于叶县旧抄本甲和陈本在校勘记中有所征引,所载其部分文字信息,能够反映它们与其他版本的异同,因此可以以此为结索,考求两个抄本的特点和归属。

现存前十回的36条校勘记中,反映叶县旧抄本甲(校勘记称叶本)文字特点的9条,反映荥泽陈云路家藏本(校勘记称陈本)的18条,现抄录如下。

1."话说朝廷喜诏……"一段,"学中斋长与那些能言的秀才",从石印本。开本、朴社本同。乾抄本、陈本无"与那能言的秀才"七字。(第五回)

2."却说本年娄潜斋"一段,"反要驳坏这事",从乾抄本,陈本同。石印本、开本、朴社本均作"正要叫他驳坏才好"。(第五回)

3."及见了府里礼房"一段,"及至添够书办心肝道儿",从乾抄本,石印本、陈本、朴社本同。安本、开本别作"及至添够心窝所想之

数"。（第五回）

4．"那一日王中正在大门……"一段，"钱万里道：'烦请谭爷出来，我好叩喜。'王中道：'出门拜客去了，回来再说罢。'"，从石印本，陈本、安本、开本、朴社本同。乾抄本脱。（第六回）

5．"且说钱鹏将五角咨文"一段，"有说如今即便起身，要到京上舍亲某宅住的；有说天太热的；有说店中壁虫厉害的；有说热中何妨热外的；有说臭虫是天为名利人设的；有说秋凉起身的；有说冬日天太冷的；有说冷板凳是坐惯了，今日才有一星儿热气儿，休要叫冷气再冰了的。说一会，笑一会"，从石印本，陈本、安本、开本、朴社本同。乾抄本脱。（第六回）

6．同段，"说道：'明晨看乘。'众人道：'下处也不在一处，也不敢当。后会有期，即此拜别罢。'"从石印本，安本、开本、朴社本同。乾抄本、陈本脱。（第六回）

7．"果然同到塘边"一段，"柏公回首向孝移道"至"不觉帆随湘转"共一百八十七字，从叶本，朴社本同。乾抄本、石印本、陈本、安本、开本均无。

8．"果然门斗去不多时"一段，"乔龄道：'是么。'东宿道：'他教书是必以《五经》为先的。'"从石印本。叶本、安本、开本、朴社本同。乾抄本作"乔龄道：'是么。想他教书亦是必以《五经》为先的。'"，陈本同。（第七回）

9．"及考完"一段，"各县《五经》童生随县进了七人"，从石印本，叶本、安本、开本、朴社本意同。乾抄本、陈本无"随县"二字，文意不周密。因背诵《五经》童生，亦须随县录取。（第七回）

10．同段，"是开祥一个名宿"，从石印本，叶本、陈本、开本、朴社本同。乾抄本作"是开祥一个名儒"，安本作"是开封有名的宿儒"，均觉誉之过重。（第七回）

11．"回到家中"一段段末，"春宇道：'但只是咱不在那读书的行，不敢深管。'曹氏道：'你既不管，这侯先生是谁提起来？'春宇笑道：'算我多嘴。'"从石印本，叶本、安本、开本、许本、朴社本同。乾抄本、

陈本无。"嘴",从许本,余均作"言"。(第八回)

12."这是一个隔行的经纪提起"一段,段首至段末,从乾抄本,陈本同。石印本、叶本、安本、开本、许本、朴社本均无。疑为批语混入,惟尚不觉冗赘,仍保留了下来。(第八回)

13.由"果然'新来的和尚好撞钟'"一段起,直至回末,从乾抄本、陈本、朴社本同。石印本、叶本、安本、开本及许本,别作一番描写,节略甚多:"果然'新来和尚好撞钟',镇日不出园门。将谭绍闻旧日所读之书,苦于点明句读,都叫丢了。自已到书店购了两三部课幼时文,课诵起来。对谭绍闻说:'你若旧年早读八股,昨日有俗通文字,难说学院不进你。你背了《五经》,到底也不曾中用,你心里也就明白时文有益,《五经》不要紧了'。绍闻十二三岁,正是决东东流,决西西流之时,况又是师长之命,只得遵之而行。其初一月光景,日日在学。后隆吉儿因他爹烧香不在家,常在铺子里写账。王春宇南顶烧香回来,伙计们都夸隆吉上账明白,情愿一年除十二两劳金。王春宇是生意人性情,也觉着远水不解近渴,也就停了隆吉的学。这端福儿一丝不线,单木不林,也觉读的慢怅了。侯冠玉渐渐的街上走动。起先在各铺子柜台前边说闲话儿,后来庙院戏场酒馆博场也常来常往。是甚么缘故?人于书上若无心得,坐在案头,那个闷字便来打搅;胸中若无真趣,听见俗事,那个乐字早已相关。也无怪侯冠玉如此。只是端福儿松散,时常家中走跳。王氏却也落得心宽,省得怕儿子读出病来。唯有王中心里,暗自着急,却也没法可生。正是:一只迅船放水滨,忽然逗留滞通津。橹迟缆缓因何故?换却从前掌舵人。"(第八回)

14."果然'新来和尚好撞钟'"一段,"卜则巍《雪心赋》,刘伯温《披肝露胆经》他们如何读成句",乾抄本、陈本、朴社本均无"卜则巍"三字及"经"字,致语意不明(朴社本标点有误),校者据文意酌加。(第八回)

15.乾抄本、陈本及朴社本有此一回。石印本、叶本、安本、开本、许本均无此一回(疑为有意删除),而将下文第十回作第九回。就故事情节看,此回与全书联系不多,但保留亦不太觉冗赘,且有助于了解当日

25

某些知识分子及作者思想面貌,今仍保留。（第九回）

16."柏公引着孝移到东书房"一段,"若拘于嫡庶之说,则齐王之子,其傅何为之请数月之丧矣",乾抄本、陈本及朴社本均脱"何"字,校者据文意酌加。

17."孝移在读画轩上"一段,"巡按史欧珠",乾抄本及陈本误作"欧阳珠",朴社本误作"欧杨珠",校者据《明朝纪事本末》改正。（第九回）

18.回目,从乾抄本,陈本、朴社本同,石印本、叶本、安本、开本及许本对正文有删节,将回目改作"谭贤良觐君北上,娄孝廉偕友南归"。（第十回）

从以上各条文字可以看出,一方面,记录陈本的18条中,表明陈本与乾抄本相同之处的有15条;记录叶本的9条,均表明叶本与石印本、安本、开本相同。特别是上引的第15条表明,乾抄本、陈本及朴社本有第九回,石印本、叶本、安本、开本、许本均无此一回。

那么,我们认为,叶本与国图藏本等抄本特点相近,陈本与上图藏本、乾隆庚子过录本等共同点较多。

（二）冯友兰抄本的特点和性质

关于冯友兰抄本,栾星在《歧路灯》"校勘说明"中说:"冯友兰抄本。系冯氏藏抄,亦称冯本。一〇五回。第十回分上下篇,实为百零六回本。用十行纸抄写,约抄于本世纪二十年代。所据底本不详。……前有自序,无《家训谆言》。自序中'儿戏场'三字,误作'弋阳'。"[1]继栾星、吴秀玉先生之后,近年来学界在研究《歧路灯》的版本时,很少有学者对冯友兰藏本的性质进行分析判断,现存校勘记中也没有该抄本的相关信息,其存佚情况不得而知。现在我们借助栾星《〈歧路灯〉研究资料》一书提供的信息,考察该本与其他版本的关系。

在《〈歧路灯〉研究资料》中有一则"冯友兰藏《歧路灯》钞本徐玉诺眉批集

---

[1]　（清）李绿园撰,栾星校注:《歧路灯》,第1017页。

录"材料,栾星在"编者按"中说:"冯友兰氏钞本《歧路灯》,曾经徐玉诺校阅。自第二十九回'谭绍闻护脸揭息债,茅拔茹赖箱讼公庭'起,至三十四回'谭绍闻嬴钞夸母,孔慧娘款酌匡夫'止,有徐玉诺眉批多处,大约写在冯氏校印这部书时。惜朴社当时只印了一册,至二十六回而止。"①

这则材料提供了三个方面的重要信息:一是按语中提到的关于冯友兰藏本回目的信息;二是提供了冯友兰抄本第二十九回至第三十四回的 10 条文字信息,其中第二十九回 4 条,第三十一回 2 条,第三十二回 1 条,第三十四回 3 条;三是徐玉诺在对这 10 条文字做眉批时,将冯友兰抄本与卢本进行了比较,因此也提供了冯友兰抄本与卢本的异同信息。首先,冯友兰抄本的目录顺序及其文字表述与上图藏本一致。其次,这 10 处文字表述,冯友兰抄本与卢本两个抄本完全相同。最后,二者与上图藏本的同异之处完全一致——它们与上图藏本有 7 处相同,有 3 处不同。因此,这两个本子与上图藏本十分相近。我们此前曾把卢本归属于上图藏本系统,现在也将冯友兰藏本划为上图藏本系统。

在栾星的推测之上,我们认为朴社排印本极有可能是以冯友兰抄本为底本同时参考卢本校订排印的。这可以从两个方面来说明。其一,可以从朴社本的冯友兰序言中找到支撑材料。冯友兰在该本序中说:"我所知道的抄本,已有七个。但在这个年头,交通不便,只找到了两个抄本,即据以付印。这两个抄本,内容是大同小异。在他们异的地方,我们即择善而从,不逐处声明。"②可见,当时冯友兰校印时的确找到了两个抄本,帮助冯友兰进行校印工作的徐玉诺正是对这两个本子进行眉批的,上述徐玉诺眉批中还保存有徐玉诺所做的排印注意事项,如对"执疑""夹注"之处作了符号标记,并说"原供此稿校刊时睐览,万不可入版。玉诺附记。"③其二,将冯友兰抄本与朴社本进行比较后发现它们有多处共同之点,如两本都是 105 回,第十回都分上、下,都有"柏永龄明君臣大义 谭孝移动父子至情"一回内容,等等。因此,我们将冯友兰抄本、卢本与朴社本都归入上图藏本系统。

---

① 栾星:《〈歧路灯〉研究资料》,第 112 页。
② 冯友兰:《〈歧路灯〉》序,朴社,1927 年,第 14—15 页。
③ 栾星:《〈歧路灯〉研究资料》,第 112—113 页。

　　此外,从朴社本冯友兰序可知,栾星关于冯友兰抄本系冯氏抄藏、约抄于20世纪20年代等的判断也未必正确。冯友兰这两个抄本有可能都是搜集得来的,而不是自己抄的。

第二章
自序、回目及回末诗异文与《歧路灯》主要抄本之演变

截至2017年,学界已发现的《歧路灯》抄印本共有17种,它们之间的联系和区别,我们在上一章已经做过分析。朱姗在国家图书馆、清华大学图书馆和浙江图书馆、保定图书馆发现了4部《歧路灯》抄本。截至目前,已知的《歧路灯》清代抄本和民国石印本、排印本共有21种。其中版本价值较大的有:乾隆抄本(又称乾隆庚子过录本)、安定筱斋抄本、晚清抄本甲、洛阳石印本底本、国图藏本、上图藏本、绿野堂抄本、吕寸田评本、张廷绶题识本、河南艺术研究院藏本、崔耘青旧藏本、马廉旧藏本、浙图本13部。这13部主要抄本,无论是自序、回目或正文及回末诗,都有一定的差异,但其间也有一定的规律。本章主要通过异文探讨13部主要抄本的关系。

一、自序异文与抄本之关系

在21部抄本中,既有105回本和106回本,也有107回本和108回本,这些抄本有10种附有《家训谆言》。继栾星先生之后,朱姗也将《歧路灯》抄本的成书早晚与小说回数及《家训谆言》联系起来。她认为,"《歧路灯》的原本风貌,即为一百零八回"[①],"小说正文后缀《家训谆言》,在形制上更接近《歧路

---

① 朱姗:《〈歧路灯〉的成书与版本源流考证》,《文学研究》,2018年第2期,第111页。

灯》的原初形态。"①她的观点即，108 回且《家训谆言》附于正文之后的抄本才有可能是《歧路灯》的原初状态。我们认为，这种说法仍需进一步研究。

根据不同的署名方式，我们将《歧路灯》抄本分为三类，通过考察其间自序文字异同、回目增减分合变化以及回末诗的有无与多少等情况，分析诸抄本间的传承演变过程，说明《家训谆言》与《歧路灯》小说的关系。

从完成时间看，《歧路灯》抄本可以分为两类：一类成书于七月，一类成书于八月，这在署名方式上已有明确记录。但成书于七月的抄本署名文字又有明显的不同，一部分有"题于新邑之东皋书舍"文字，一部分有"题于东皋麓树之阴时年七十有一"文字，这两类抄本的自序也略有差异。根据自序署名方式的不同，我们把《歧路灯》抄本分为三类。

署名"乾隆四十二年七夕之次日绿园老人题于新邑之东皋书舍"的国图藏本、洛阳石印本，以及署名"时乾隆四十二年七夕之次日绿园老人孔老李海观题于新邑东皋书舍"的绿野堂抄本，虽自序文字存在一定的差异，但是和另外两类抄本相比，它们的自序有明显的特点：一是在"惑世诬民"之后是"莫此为甚"，而非"此所以肇于汉而沸于唐也。余尝谓唐人小说、元人院本为后世风俗大蛊"；二是在"偶尔雷同，并非射影"之后，是"但愿看官君子不以为有心含沙也，则幸甚"，没有"若谓有心含沙，自应堕入拔舌地狱"文字。张廷绶题识本笔者未见，但据朱姗的研究，其自序署名也是"乾隆四十二年七夕之次日绿园老人题于新邑之东皋书舍"。② 我们把上述 4 个抄本归为一类，称为 A 类。这类抄本以 105 回为主。其中洛阳石印本是洛阳清义堂在民国十三年（1924）依原抄本石印，未加校勘，我们也把它看作一个抄本。

署名为"乾隆四十二年七夕之次日绿园老人题于东皋麓树之阴时年七十有一"的晚清抄本甲、安定筱斋抄本，自序中均有 A 类抄本所没有的上述两处文字。吕寸田评本、崔耘青旧藏本和浙图本笔者未见，但朱姗对这 3 个抄本有过详细的说明，如吕寸田评本"全书 14 卷，一百零八回。按卷分册，共 14

---

① 朱姗：《〈歧路灯〉的成书与版本源流考证》，《文学研究》，2018 年第 2 期，第 110 页。

② 朱姗：《新发现的〈歧路灯〉张廷绶题识及其学术价值》，《文学研究》，2015 年第 1 期。

册,各卷首有目次。全书首有李海观《歧路灯序》,末署'乾隆四十二年七夕之次日绿园老人题于东皋麓树之阴时年七十有一'……卷末附《家训谆言》78条。"①同一文中对崔耘青旧藏本的描述文字与此基本相同②,至于浙图本,文章说:"毛装本,全书20卷,一百零八回,……全书首有李海观《歧路灯序》,末署'乾隆四十二年七夕之次日绿园老人题于东皋麓树之阴时年七十有一',……卷末附《家训谆言》78条。"③由此可知,吕寸田评本、崔耘青旧藏本、浙图本与晚清抄本甲一样,都是14卷108回,首有自序,卷末附《家训谆言》78条。从基本特征判断,它们与晚清抄本甲、安定筱斋抄本非常接近,这里将它们归入一个大类,称为B类。

署名为"乾隆丁酉八月白露之节碧圃老人题于东皋麓树之阴"的乾隆抄本和河南艺术研究院藏本,与上述两类抄本在成书时间上有明显不同,系八月成书之抄本。上图藏本自序后半部分已残,现存自序文字与乾隆抄本、河南省艺术研究院藏本自序文字基本相同,仅存在个别差异,其署名方式应与二者相同。据朱姗的调查,清华大学图书馆所藏马廉旧藏本的基本特征是:"全书16卷,目次、正文抄至一百零五回,然第十回回数重出,实为一百零六回。……次'乾隆庚子过录题识',次《家训谆言》81则,次李海观《歧路灯序》,末署'乾隆丁酉八月白露之节碧圃老人题于东皋麓树之阴',次正文。"④其署名与上述3个抄本相同,且与上图藏本一样第十回重出。因此把这4个抄本归为一类,称作C类。这类抄本以107回为主。

以上三类抄本的自序比较起来,有以下五个方面的变化:

一是A类抄本中"古有四大奇书之目,曰盲左,曰屈骚,曰漆庄,曰腐迁",B类抄本同,C类抄本作"古有四大奇书之目,曰左曰骚,曰庄曰迁";二是

---

① 朱姗:《〈歧路灯〉的成书与版本源流考证》,《文学研究》,2018年第2期,第104页。

② 朱姗:《〈歧路灯〉的成书与版本源流考证》,《文学研究》,2018年第2期,第105页。

③ 朱姗:《〈歧路灯〉的成书与版本源流考证》,《文学研究》,2018年第2期,第105页。

④ 朱姗:《〈歧路灯〉的成书与版本源流考证》,《文学研究》,2018年第2期,第105页。

A类抄本"乃演陈元奘西域取经一事",B类抄本同,C类抄本作"乃取陈元奘西域经解一事";三是A类各抄本在"惑世诬民"之后是"莫此为甚",而B类抄本是"此所以肇于汉而沸于唐也。余尝谓唐人小说、元人院本为后世风俗大蛊。"C类抄本是"佛法所以肇于汉而沸于唐也。余尝谓唐人小说、元人院本为后世风俗大蛊。"四是在自序结尾"偶尔雷同,并非射影"之后,A类抄本是"但愿看官君子不以为有心含沙也,则幸甚。"B类抄本和C类抄本则是"若谓有心含沙,自应堕入拔舌地狱"("堕入"有的抄本或作"坠入");五在是署名文字上,A类抄本和B类抄本都有"乾隆四十二年七夕之次日"文字,C类则有"乾隆丁酉八月白露之节"字样。

从以上比较可以看出,B类抄本和A类抄本自序文字共同点较多,或许存在因袭传抄关系,C类抄本和A类抄本之间增补修改痕迹则较为明显。

二、回目异文与三类抄本的形成

《歧路灯》各抄本之所以存在105回本、106回本、107回本和108回本的差别,是由于在传抄或增补修改过程中,发生了回目的增加或分化以及回目异文现象。经过比较,各类抄本的变化表现在三个方面:一是"柏永龄明君臣大义 谭孝移动父子至情"一回的有无;二是部分回目的分合,主要是第五十回(这里以A类的国图藏本回目为序,下同)、第七十七回和第八十九回,在不同的抄本中分合情况不同;三是部分回目存在明显异文,特别是第七十八回、第九十回、第一百四回、第一百五回等回的回目文字在各抄本中有所不同(各抄本回目间个别文字的差异暂不予观察)。不过,无论是回目的分合,还是回目文字的变化,都没有引起正文内容的较大变化,现分别说明如下。

第一,从A类抄本到C类抄本,其间的变化是,C类各抄本增加了第九回"柏永龄明君臣大义 谭孝移动父子至情";在C类的乾隆抄本和上图藏本中,国图藏本第七十七回"锦屏风办理文靖祠 庆贺礼排满萧墙街"分化为两回,分别是第七十八回"锦屏风办理文靖祠 庆贺礼排满萧墙街"和第七十九回"淡如菊席间遭晦气 巫翠姐帘内彻笑声",而根据朱姗的调查,在C类的马廉旧藏本中仍是一回。① 回目异文表现在,A 类国图藏本的第七十八回"谭绍闻家贫奴辞主　娄潜斋鉴明假难真",在 C 类的乾隆抄本和上图藏本第八十回是"讼师婉言劝绍闻　奴仆背主投济宁"。河南省艺术研究院藏本第八十回已残,马廉旧藏本同国图藏本。②

　　C 类抄本与 A 类抄本相比,除增加一回全新内容之外,大部分抄本因两处回目分化而变成 107 回本,马廉旧藏本只有一回回目分化而成为 106 回本。从 A 类到 C 类,两类抄本间的变化,规律性较强,对应较为整齐,增补修改之迹十分清晰。可以看出,成书于八月的 C 类抄本是在成书于七月的 A 类抄本基础上加以增补修改而成。

　　第二,从 A 类抄本到 B 类抄本,没有增加新的内容,只是回目发生了分化并产生了异文。其回目分化有两种情况。

　　一是总回数增加 3 回,形成 108 回的晚清抄本甲等。以晚清抄本甲为例,国图藏本第五十回"入匪场幼商殒命　央乡宦赌棍画谋",在晚清抄本甲中分化成两回,成为第五十回"入匪场小商陨命　坐监牢幼学含冤"和第五十一回"遭人命焦丹送信　央乡宦夏鼎画谋";国图藏本第七十七回分化成两回,形成第七十八回"锦屏风办理文靖祠　庆贺礼排满萧墙街"和第七十九回"淡如菊仗官取羞　张类村昵私调谑";国图藏本第八十九回"两文武南县拿邪教　五生问童道署领花红",变成第九十一回"巫翠姐看孝经戏谈狠语　谭观察拿匪类曲全生灵"和第九十二回"观察公放榜重族情　簧初童受书动孝思"。这样该抄本成为 108 回本。

　　关于 105 回本与 108 回本的关系,朱姗认为,国图藏本的 105 回回目是由晚清抄本甲、崔耘青旧藏本、吕寸田评本、浙图本等 108 回本回目合并而成。即这 4 个本子的第五十回、五十一回合并成国图藏本的第五十回,第七十八、七十九回合并成第七十七回,第九十一回、九十二回合并成第八十九回。③ 我

① 朱姗:《〈歧路灯〉的成书与版本源流考证》,《文学研究》,2018 年第 2 期,第 111 页。
② 朱姗:博士论文《〈歧路灯〉的版本与文献研究》,第 58 页。
③ 朱姗:《〈歧路灯〉的成书与版本源流考证》,《文学研究》,2018 年第 2 期,第 111 页。

们不同意这种观点。按照我们的分类，晚清抄本甲、崔耘青旧藏本、吕寸田评本和浙图本都属于 B 类抄本，它们与 A 类抄本之间的演变方向应该是由 A 类抄本逐渐分化而形成 B 类抄本，而不是相反，由它们的回目来合并成 105 回本的回目。此点下文还将进一步讨论。

二是总回数增加一回，形成安定筱斋抄本。在 B 类抄本中，安定筱斋抄本较为特殊，因为国图藏本第五十回未分化；国图藏本第七十三回"王春宇正言匡宅相　张绳祖巧词诱书生"在该本中未独立，接续在第七十二回"炫干妹狡计索赗　谒父执冷语冰人"之中；国图藏本第七十七回在该本中成为其第七十六回，同时也没像其他 4 个抄本那样分化成两回；只是国图藏本第八十九回在该本中变成两回，成为其第八十八和八十九回。该本的回数与国图藏本相比只多出一回，与同类的其他抄本相比总回数少了两回，并非如栾星先生所说是 108 回本，而是回目错乱现象较为突出的一个抄本，其"回目虽标为 108 回，实则为 106 回。"①尽管如此，该本内容仍与 B 类的其他抄本相同。

由 A 类抄本到 B 类抄本，回目异文现象也稍显复杂。国图藏本中第七十八回"谭绍闻家贫奴辞主　娄潜斋鉴明假难真"，在晚清抄本甲第八十回是"谭府小厮背主恩　冯家代书述官法"，在安定筱斋抄本第七十七回是"冯讼师引言劝怒主　娄济宁发书送逃奴"。国图藏本第九十回"王象荩报主献忠谋　卢学台为国正文体"，在晚清抄本甲第九十三回和安定筱斋抄本第九十回都是"冰梅姐思嫡伤幽冥　谭绍闻共子乐芹泮"。国图藏本第一百四回"一品官九重受命　两姓好千里来会"，在晚清抄本甲第一百七回是"朝廷锡功臣极贵　家室循礼后自昌"。国图藏本第一百五回"薛全淑洞房花烛　谭贵初金榜题名"，在晚清抄本甲第一百八回是"薛姑娘合卺成礼　谭太史衣锦荣归"。安定筱斋抄本第一百七回和第一百八回已佚，其变化不得而知。朱姗曾说过："吕寸田评本第八十回作《谭府小厮背主恩冯家代书述官法》，末二回作《朝廷锡功官极贵家室循礼后自昌》、《薛姑娘合卺成礼谭太史衣锦荣归》。"②看来，国图藏本第七十八回、第一百四回、第一百五回回目在吕寸田评本和晚清

---

① 王冰：《〈歧路灯〉版本考论》，《求索》，2012 年第 7 期，第 131 页。

② 朱姗：《新发现的吕寸田评本〈歧路灯〉及其学术价值》，《明清小说研究》，2014 年第 4 期，第 130 页。

抄本甲中发生了同样的变化。国图藏本第九十回回目在吕寸田评本的变化情况，与晚清抄本甲和安定筱斋抄本相同。①。此外，国图藏本上述各回目在崔耘青旧藏本和浙图本中的表现，与吕寸田评本、晚清抄本甲相同。②

在 A 类抄本中，国图藏本、洛阳石印本和绿野堂抄本都是 105 回本，张廷绥题识本是 107 回本。朱姗认为，在张廷绥题识本与国图藏本之间也存在回目合并现象，即张廷绥题识本的第七十七回和七十八回合并成了国图藏本的第七十七回；第九十回和九十一回合并成了国图藏本的第八十九回。（朱姗说第九十一回、九十二回，误）③我们也不同意这种观点。一方面，正是国图藏本第七十七回和第八十九回在张廷绥题识本中发生了分化，才使张廷绥题识本逐渐显现出与 B 类抄本相近的特征，甚至其最后两回回目也变得与吕寸田评本等 B 类抄本一样；另一方面，由于其第五十回仍未分化，自序署名文字仍与国图藏本及洛阳石印本相同，它还未完全变成 B 类抄本，仍具有过渡性质。

虽然朱姗也承认该本具有"中间态特征"，但她的分析角度不同。她把吕寸田评本等 4 个 108 回本看作是《歧路灯》的初始形态，作为甲种类型的主体形态，把上图藏本、乾隆抄本等归入乙种类型，而把国图藏本与张廷绥题识本都归入甲种类型的分支系统，认为它们是甲种类型和乙种类型之间的"中间态"。④ 笔者所说的是，张廷绥题识本具有从 105 回本向 108 回本过渡的性质，与朱姗所指不同。

总之，从 A 类到 B 类的变化，不存在新内容的增加，只是产生了回目分化和回目异文，这也反映了两类抄本之间的传抄继承关系。

三、回末诗及正文异同与抄本之演变

通过对自序文字、回目分合关系的比较和分析，我们认为 B 类抄本是由 A

---

① 朱姗：博士论文《〈歧路灯〉的版本与文献研究》，第 58—59 页。
② 朱姗：博士论文《〈歧路灯〉的版本与文献研究》，第 58—59 页。
③ 朱姗：《〈歧路灯〉的成书与版本源流考证》，《文学研究》，2018 年第 2 期，第 111 页。
④ 朱姗：《〈歧路灯〉的成书与版本源流考证》，《文学研究》，2018 年第 2 期，第 113 页。

类抄本抄写演变而成,C类抄本是在A类抄本基础上增补修改而成。在此,我们再通过回末诗和正文的比较,进一步观察各抄本间的演变关系。

在比较A类国图藏本与C类上图藏本前4卷22回中的回末诗后,我们发现二者在16回中回末诗情况完全一致,即第一回、三回、五回、七回、八回、十回、十一回、十三回、十六回、十七回、十八回、二十回、二十一回、二十二回都有4句回末诗,第四回都有2句回末诗,第二回都没有回末诗。这里需要说明的是,因上图藏本增加的第九回为国图藏本所没有,比较中把该回除外;上图藏本第十七回后半部分已残缺,回末诗不存,与其同类的河南省艺术研究院藏本第十七回有4句回末诗,所以也按4句来统计。

在回末诗不同的6回中,国图藏本第六回、第十九回中只有2句回末诗,上图藏本第六回和第十九回中分别增补2句;国图藏本第十二回、十四回、十五回没有回末诗,而上图藏本在各回中增补4句回末诗;国图藏本第九回有2句回末诗,上图藏本中没有回末诗。总的来说,从国图藏本到上图藏本,6回之中有5回是增补,只有1回是减少。

在前22回中,绿野堂抄本没有回末诗的回数比国图藏本多了3回,即绿野堂抄本在第十一回、十三回、十八回中没有回末诗,而上图藏本中都补足了4句回末诗。两者其他回回末诗的情况,与国图藏本和上图藏本的比较结果相同。洛阳石印本与国图藏本在22回中的回末诗情况完全一致。张廷绶题识本我们未作比较。

上述比较说明,A类抄本与C类抄本相比,前者回末诗少,而后者对前者绝大部分都进行了增补,清晰地反映了它们之间的增补修改关系。

朱姗曾给我们提供了吕寸田评本部分回末诗的信息,她说:"吕寸田评本无乾隆庚子过录本、上图本第十二回、十四回、十五回、十六回、十九回、二十九回、三十一回回末诗,第三十五回回末三诗仅存'皙皙小星傍月宫'一首;此外,第六回回末诗少首二句,第二十回回末诗少末二句……"①我们可以据此进行吕寸田评本与A类抄本之间回末诗的比较。在我们掌握的材料中,绿野堂

---

① 朱姗:《新发现的吕寸田评本〈歧路灯〉及其学术价值》,《明清小说研究》,2014年第4期,第131页。

抄本中第二十九回、第三十一回、第三十五已佚,因此我们仅比较了吕寸田评本和国图藏本、绿野堂抄本三者相同 7 回中的回末诗。在 7 回之中,吕寸田评本和绿野堂抄本回末诗的情况完全相同,如在第六回和第十九回中,两个抄本都有 2 句回末诗;在第十一回、十三回、十四回、十五回、十八回各回中,两个抄本都没有回末诗。吕寸田评本与国图藏本相比,有 4 回中的回末诗情况相同。

尽管从回末诗比较看,国图藏本与上图藏本的共同点多于绿野堂抄本与上图藏本的共同点,吕寸田评本与绿野堂抄本的共同点也多于其与国图藏本间的共同点,但正文文字的比较却显示出不一样的结果。

我们比较了 A 类的国图藏本、洛阳石印本、绿野堂抄本和 B 类的安定筱斋抄本及 C 类的上图藏本、乾隆抄本、河南省艺术研究院藏本共 7 个抄本前两回的文字,文字异文呈现出非常整齐的规律性。在我们统计的 20 例中,绿野堂抄本与上图藏本、乾隆抄本、河南省艺术研究院藏本 4 本相同的有 16 例;安定筱斋抄本与国图藏本、洛阳石印本相同的有 10 例,而安定筱斋抄本与绿野堂抄本相同者只有 3 例。我们以上图藏本为例作一简单说明。如第一回中写道:"宣德后家刻六种,卷帙浩繁累重。"[1]这一句话,绿野堂抄本、乾隆抄本、河南省艺术研究院藏本与上图藏本相同,国图藏本、洛阳石印本、安定筱斋抄本"累重"后有"难赍"二字。

又如,同一回中在谈到谭孝移到丹徒后的活动时写道:"绍衣又引孝移到城中姻亲之家拜识了。"[2]其中,"城中姻亲之家",绿野堂抄本、乾隆抄本、河南省艺术研究院藏本与上图藏本相同,国图藏本、洛阳石印本、安定筱斋抄本作"城中旧日姻亲之家"。再如,在描写谭孝移准备回河南之前的情景时写道"启行之日,绍衣又独送一分厚程"[3]这两句话,绿野堂抄本、乾隆抄本、河南省艺术研究院藏本与上图藏本相同,但国图藏本、洛阳石印本、安定筱斋抄本在"绍衣又独送一分厚程"之前有"族人各送程仪"。

第二回中,在描写谭孝移看到孔耘轩的儿子时写道:"孝移见他品貌端

---

① （清）李海观:《歧路灯》,上海古籍出版社,1992 年,第 9 页。

② （清）李海观:《歧路灯》,第 15 页。

③ （清）李海观:《歧路灯》,第 16 页。

正,言语清晰,不觉赞道:'真是麟角凤毛,不愧潜老。'"①"不愧潜老",绿野堂抄本、乾隆抄本、河南省艺术研究院藏本与上图藏本相同,而国图藏本、洛阳石印本、安定筱斋抄本作"不愧潜老高雅"。本回结尾在叙述谭绍闻与娄朴上学情景时说:"这娄朴、谭绍闻两人,一来是百工居肆。"②"这娄朴、谭绍闻两人",绿野堂抄本、乾隆抄本、河南省艺术研究院藏本与上图藏本相同,而国图藏本、洛阳石印本、安定筱斋抄本作"两个小学生"。

此外还有许多类似的例子。可以看出,《歧路灯》三类抄本的文字沿着两个方向发展,上图藏本、乾隆抄本、河南艺术研究院藏本随着绿野堂抄本一起变化,而安定筱斋抄本与国图藏本、洛阳石印本同步变化。

通过上面的分析,我们可以形成这样一个认识,即 A 类的 3 个 105 回抄本中,呈现出两种不同的文字面貌,国图藏本与洛阳石印本基本一致,绿野堂抄本则自具特点。

四、国图藏本等 105 回本回目的来源

在《歧路灯》的诸多抄印本中,安定筱斋抄本、晚清抄本甲、吕寸田评本三部抄本有重要的联系,都与国图藏本有清晰的传承演变关系。朱姗指出:"大体而论,吕寸田评本的章节、文字与安定筱斋钞本、张廷绶题识本、晚清钞本甲呈现出较大一致性,与国图本呈现一定相似性,而与乾隆庚子过录本、上图本差异较大。"③这些说法是符合《歧路灯》的版本实际的。关于国图藏本的判断,她说:"吕寸田评本、安定筱斋钞本、张廷绶题识本、晚清钞本甲在文字上具有高度的相似性,可构成《歧路灯》流传中的一个钞本系统,而乾隆庚子过录本、上图本在文字上具有高度相似性,为《歧路灯》清钞本另一系统。国图本兼有两系统的共性,可视为一个过渡时期的版本形态。"④我们认为这些看法是值

① (清)李海观:《歧路灯》,第 30 页。
② (清)李海观:《歧路灯》,第 39 页。
③ 朱姗:《新发现的吕寸田评本〈歧路灯〉及其学术价值》,《明清小说研究》,2014 年第 4 期,第 130 页。
④ 朱姗:《新发现的吕寸田评本〈歧路灯〉及其学术价值》,《明清小说研究》,2014 年第 4 期,第 140 页。

得商榷的。事实上,安定筱斋抄本、晚清钞本甲、吕寸田评本与国图藏本同属一个系统,且前三者都由国图藏本演变而来。

　　按照本章第三节的分析,《歧路灯》抄本由 105 回本演变为 106 回本、107回本或 108 回本,其间的演变轨迹,应该是以 105 回本为基础不断传抄或增补而成。而朱姗则认为,国图藏本的 105 回回目是由 108 回本的回目合并而成。她指出:"在章节合并角度,国图本是《歧路灯》诸钞本中合并章节现象最为严重的钞本。"①并进行了具体分析。其观点概括起来,即甲种类型各抄本也就是本文所说的 B 类抄本(安定筱斋抄本除外)第五十回、第五十一回合并为国图藏本的第五十回,第七十八回、第七十九回合并为第七十七回,第九十一回、第九十二回合并成为第八十九回。具体分析可参见其论文。② 经过这样的合并,国图藏本回目正好是 105 回。在此,我们对 105 回《歧路灯》抄本的回目问题加以探讨。

　　目前已知的 105 回抄本有国图藏本、洛阳石印本和绿野堂抄本,它们都属于前文讨论的 A 类抄本。在此前的研究中,我们曾把它们归为一个系统。③ 但如果进一步考察,它们之间既有共性特征,又有个性差别。

　　就图藏本和洛阳石印本而言,一方面,它们在卷前都有"乾隆庚子过录题识"和《家训谆言》,自序署名文字也相同;另一方面,它们也存在一定的差异,如自序文字就不完全相同,分卷情况也不尽一致,国图藏本第一卷为前四回,第二卷为第五至十回,而洛阳石印本第一卷为前五回,第二卷为第六至十回,只是在第二卷之后的分卷情况才完全相同。

　　国图藏本的抄写者目前还难以考证,而洛阳石印本底本的抄写者是洛阳新安人,其收藏者为杨懋生(字勉夫)。张青莲在洛阳石印本《歧路灯书后》中说:

---

　　①　朱姗:《〈歧路灯〉的成书与版本源流考证》,《文学研究》,2018 年第 2 期,第 113页。

　　②　朱姗:《〈歧路灯〉的成书与版本源流考证》,《文学研究》,2018 年第 2 期,第 111页。

　　③　王冰:《〈歧路灯〉版本考论》,《求索》,2012 年第 7 期,第 132 页;《新发现绿野堂〈歧路灯〉抄本刍议》,《南阳师范学院学报》,2014 年第 5 期,第 42 页。

"百家之书，汗牛充栋尚已。然著作既富，瑕瑜难掩，即如《金瓶》《水浒》等编，自诩才人极笔，而阅者阁置，恒不一睹，为其贻误匪浅鲜也。新安李绿园讳海观前辈，宦成旋里，著书曰《歧路灯》，乡先达批点旧矣。……莲自幼时，见夫吾乡巨族，每于家塾良宵，招集书手，展转借抄。……友人杨君勉夫有《歧路灯》抄本，暇与李君仙园、寇君谨斋、李君献廷等兴念及此，欲石印广布，余极为赞成。诸君子亦多以资来，遂付剞劂。惜冗务匆匆，未及校勘，仅依原本，未免以讹传讹，然学者以意默会，自有以观其通者。……甲子秋邑后学张青莲谨跋。"①

张青莲是洛阳新安人，他年轻时目睹过家乡人辗转传抄《歧路灯》的情景，洛阳石印本之底本应是新安人所抄的众多抄本之一。洛阳石印本底本可能比国图藏本出现得晚。

如果说国图藏本和洛阳石印本还都带有学生抄本的特征，正文之前都附有"乾隆庚子过录题识"和《家训谆言》，那么绿野堂抄本则有自己的独特之处。它既无"乾隆庚子过录题识"，又无《家训谆言》，且自序与国图藏本自序存在多达29处异文，如"故临崩寄臣以大事"与"故临终托臣以大事"，"何能读此"与"何能解此"，"既通左史"与"果通左史"等。国图藏本和洛阳石印本自序中的"儿戏场"在该本中也误作"弋阳"。此外，该本在自序之后另有如下一小段文字，透露了一些重要信息：

"撰书者李先生讳海观，字孔堂，号绿园，祖居新安马行沟，迁居南阳府宝丰县，知贵州印江县事。告休后设教于本家，号绿园老人。其堂名绿野堂，所著诗卷为《绿野诗草》。同道者称李孔堂先生，其友辈呼以为李孔老云。"

这段文字为国图藏本和洛阳石印本所没有，从文字表述看，抄写者对李绿园十分了解，极其尊敬，我们判断抄写者与李绿园关系可能比较密切，该本或

---

① 张青莲：《〈歧路灯〉书后》，民国十三年洛阳清义堂石印本，栾星（藏）。

许是产生较早的一个抄本。

前文的分析已经表明,绿野堂抄本无论是正文文字,还是回末诗,都与国图藏本和洛阳石印本有一定的差别。这 3 个抄本各具特点,应由不同的抄写渠道抄成。如果说国图藏本的回目是由 108 回本合并而成,那么洛阳石印本和绿野堂抄本的回目也应如此。来源于不同抄写渠道、自序文字和正文文字又各具不同程度异文的抄本,其回目却按照相同方向合并且结果完全一致,这种现象很难解释。反过来说,不管是 108 回的吕寸田评本、晚清抄本甲、崔耘青旧藏本、浙图本,还是 106 回的安定筱斋抄本,都经由不同渠道、抄写于不同时期,它们按照一个方向进行合并,且合并结果完全相同,也不太可能。事实上,无论是从 A 类抄本到 C 类抄本,还是从 A 类抄本到 B 类抄本,其间的演变,都不是清一色的整齐划一,同一大类抄本间并不是完全同步,还存在例外现象。因此,我们认为,在回目分合变化关系上,不是由 108 回本回目合并成105 回本回目,而是在互相传抄过程中逐渐演变,使得 A 类中的 105 回抄本不断分化出既大同又微殊的 B 类各抄本。

所以,无论是栾星先生所说的"新安转写出来的本子逐渐并回减目,多有删省"①,还是朱姗把国图藏本看作是回目合并最为突出的抄本,并把它与绿野堂抄本、张廷绶题识本都作为甲种类型的分支形态的做法,都仍是需要加以讨论的问题。

第三章

《歧路灯》绿野堂抄本与上图藏本异文比较

从内容上看,绿野堂抄本卷数及分卷和国图藏本相同,没有上图抄本的第九回"柏永龄明君臣大义　谭孝移动父子至情"一回内容而与上图藏本有明显差别。在上一章的分析中,我们也发现它与上图藏本有若干共同之处。这里试通过版本异文比较,探讨二者在文字方面的异同。

一、绿野堂抄本与上图藏本故事情节异文比较

据前十回的比较研究,绿野堂抄本与上图藏本两者的差别主要表现在两个方面,一是故事情节的增删,二是在语言上的差异。

（一）故事情节的增删

1.情节的删节情况

与上图藏本相比,绿野堂抄本对故事情节的删节较为明显,集中表现在第八回至第十回之中。

两本的第八回同为"王经济糊涂荐师长　侯教读偷惰纵学徒",但情节有明显不同。在上图藏本中,本回前半部分主要写侯冠玉做谭绍闻的老师后,即以娄潜斋、孔耘轩的科考情况为例,劝说谭绍闻放弃五经的学习,着力学习时文,以利于科考取胜。接着是询问谭绍闻生年,与其大谈相面、算卦、风水等理论。而在绿野堂抄本中,只保留了侯冠玉要求谭绍闻用心时文的说教,将娄、孔二人科考实例、询问谭绍闻生年、谈相面、算卦与风水等情节都省去了。从文字上看即在"时文有益,五经不紧要了"之后删去了下面的文字:

　　"即是娄先生,听说他经史最熟,你看他中式的文字也是一竿清晰笔,用不着经史,也不敢贪经史。……不然为子择师极重大事,孝移写信时岂无交带? 娄孔诸人皆是父执,岂甘听绍闻之自为哉! 这话且休说。"

　　此处删节文字约有 1600 字。参见上图藏本第 178—184 页。
　　省去这些文字后,代之以下面两句话:

　　"这谭绍闻十二三岁,正是决东流东、决西流西之时,况又是师长之命,只得遵而行之。"

　　国图藏本也是如此,没有上面的约 1600 字,只是保留的文字与绿野堂抄本存在个别异文:

　　"谭绍闻十二三岁,正是决东流东、决西流西之时,况又系师长之命,只得遵而行之。"(国图藏本,第八回)

　　绿野堂抄本的第九回"谭贤良觐君北面　娄孝廉偕友南归",上图藏本为第十回。在上图藏本中,本回前半部分主要写谭孝移北上后因朝廷推迟召见时间,谭孝移挂念儿子打算辞京回家,娄潜斋劝说,谭绍闻借海疆危机谈论朝政黑暗,娄潜斋表弟宋云岫探望,以及娄、谭二人看戏等情节。绿野堂抄本中省去了宋云岫探望和娄、谭二人看戏的情节。从文字上看,"潜斋知孝移心曲已素,也恐良友郁结"后省去了下面文字:

　　未及回答,忽的一个客进门,潜斋认得,孝移不认得,行了相见之礼。潜斋道:"这就是舍表弟宋云岫。"……娄潜斋急为叹服,自是朝夕谈论,以待次月放榜南宫高发。

　　此处删节文字约有 2700 字。参见上图藏本第 212—223 页。

除此之外,在后半回中,绿野堂抄本将上图藏本中描写娄潜斋落选、谭孝移代为查卷、二人拜见柏公、南归以及沿途考察风物等情节的文字大大缩减,改写成了下面几句话:

> 又沿路说些闲话,考核了许多遗迹,半月有余已抵开封北门,归心如箭,分车而行,各向各家而回,行李改日再为互换。这正是:朋友至情敦车笠,子臣大道剖精微。

此处删节文字约有 2600 字。参见上图藏本第 223—234 页。

国图藏本保留文字与绿野堂抄本基本相同:

> 又沿路说些闲话,考核了许多遗迹,半月有余,已抵开封北门,归心如箭,分车而行,各向各家而回,行李改日再为互换。这正是:朋友至训敦车笠,子臣大道剖精微。

由于上图藏本第十回重出,上图藏本和绿野堂抄本的第十回同为“盲医生乱投药剂　董妗奶劝请巫婆”。这一回两本的差异也较明显。在上图藏本中,本回前一部分写谭孝移回到家中拜见侯冠玉,并与其商讨儿子的教育问题;而绿野堂抄本则对谭孝移、侯冠玉二人的对话,特别是侯冠玉关于科考的一番议论予以省去。即在“孝移道:‘可惜了是一个有造之器’。”之后删节了下面的文字:

> 又问道:“端福的五经读熟不曾? 读了几部呢?”……“俱是左丘明的《左传》、司马迁的《史记》脱化下来。”

此处删节文字约有 480 字。参见上图藏本第 237—238 页。

国图藏本也是如此,没有上述约 480 字。

之后,在上图藏本中是谭孝移向王中了解侯冠玉的来历,对王中谈请老师之道,商量开发侯冠玉,以及孔耘轩、程嵩淑来访等情节。而绿野堂抄本则将谭孝移询问侯冠玉来历、关于教育之道的谈论方面的文字节省了。即在"孝移见端福神情俗了,又看侯冠玉情态,已瞧透了十二分,心中闷闷"后删略了下面文字:

> 回到家中,见了王中问道:"这先生平日作何生理,做过先生不曾?"……端福道:"先生说爹爹没见过这一部书,叫我拿家里叫爹爹看看。"

此处删节文字约有 1000 字。参见上图藏本第 240—243 页。

国图藏本也是如此,没有上述约 1000 字。

此外,上图藏本中的"孝移接过一看,猛的一股火上心,胃间作痛,昏倒在地,王氏急急搀起,这胃腕疼痛的病犯了"几句话,在绿野堂抄本中作"不知不觉心坎中甚不舒坦,过了一两天就把在京胃腕疼痛犯了"。国图藏本基本同绿野堂抄本,作"不知不觉心坎中甚不舒坦,过了一两日就把在京胃腕疼痛的病犯了"。

此后情节绿野堂抄本与上图藏本基本一致。

通过上述比较,我们可以看出,绿野堂抄本删略了与中心情节关系不大的文字,这样更有利于突显主题。

2. 情节的增添情况

绿野堂抄本既有删节,又有增添。这些增添文字使故事情节更圆满、更合理,这里以第九回"谭贤良觐君北面,娄孝廉偕友南归"为例加以说明。这一回的增添有两处最为明显。

一是在娄潜斋劝阻谭孝移辞京南旋、谭孝移向娄潜斋倾诉自己的真实想法时,上图藏本的叙述较为简略:

> 孝移吩咐家人:"你们外边伺候,我与娄爷说一句话。"邓祥等退避。谭孝移道:"昨阅邸抄,向来海疆不靖,近日倭寇骚动的狠。朝中有挑发人员兵前听用之说。若说弟有心规避,这效命疆场,弟所不惮,此情固可见信于兄。但行兵自有主将,而必用内臣监军,弟则实难

屈膝。此其隐衷一也。况弟做了官万不能升擢起来。万一遇见大事，若知而不言，不惟负君，早负了先君命名忠弼之意。若以言获罪，全不怕杀头，却怕的是廷杖，损士气而伤国体，此其隐衷二也。若说留心家事，看来不做官，当以治家为首务。既做官则州县以民事为首务，阁部则以国事为首务。弟岂庸庸者流，求田问舍，煦煦于儿女间者。人相知贵相知心，此其所以告病也。况实在心口上有一块儿作祟乎！"潜斋知孝移心曲已素，也愁良友郁结。（参见上图藏本第 210 页）

绿野堂抄本则将上述情节扩展为如下文字：

孝移道："昨阅塘报，目今倭寇猖獗，沿海一带州县如嘉兴、海盐桐乡俱被屠毒。原其所始，总由日本修贡入中国，带有番货，至内地有市舶司太监掌之。这太监们那晓得朝廷柔远人之道，而且贪利无厌，百倍于平人。断未有不乘权逞威而虐及远人者，即令大（大，当作'太'）监少知自敛，而跟从之厮役、差令之胥皂，断断乎没一个好的。况乎中土无业之民、失职之士，思藉附外以偿夙志。如宋素卿、徐海、叶麻，皆附外之最著者，竟能名传京师，而其所宠之妓女，如王翠翘、绿姝，亦皆雷灌（灌，当作'贯'）于沿海督抚将军之耳。思贿之以得内应，则倭寇之虐焰滔天可知。看来日本之修贡，非不知来享来王之义，而导之悖逆者中国之刁民也。贡人之贩带来番货，不过以其所有易其所无，思得中国之美产以资其用，而必迫之窘之，使怀愤而至于攻劫者，阉寺之播毒也。总之，阉寺得志其势先立于不败之地，官僚之梗直者，必抗之以触祸；塌冗者必媚之以取容。今竟至于开边衅，而沿海半壁天为之不宁矣。前者阅邸抄，见一个是巡按御史欧阳珠，一个是镇守太监梁瑶，合词公奏那倭寇杀戮之惨。一位是边疆风纪之大臣，一个是宫闱使令之阉割，将来官寺之祸又继王振、刘瑾而更有甚焉者矣。况且言官无状，往往触恼皇上，去年因议大礼廷杖竟至一二十人，虽武宗时舒殿撰诸前辈谏阻南巡之事，也不过如此。又有四五位科道，为参奏汪太宰俱行罢斥，内中有位冯道长讳恩者，为人忠正，天下闻名，老哥想来也是知道的。所言尤其切直,所以独被遣戍,背后听的人说这个太宰汪溶,奸邪异常,宠任无比,当九卿在阙门会讯冯公之时,仍命汪太宰在首班秉笔,因冯公面斥其奸,汪太宰竟至下坐亲批其颊。像这些光景,大臣专权,将来北人必有大受其祸者。履霜坚冰已有其兆矣。想来弟即做官未必能升擢,万一做起,遇见大事,若知而不言,不惟负君,亦负了先父命名忠弼之意。若以言获罪,这个廷杖之法,未免损士气而伤国体,此弟之本衷也。况上年胃脘作疼,客寓千里,举目无亲,惟此二童仆,弟心彼时甚为悽然。弟平素恬淡为怀,兄之所知,况才智疏短,万不能称职。无论在内在外,这素餐之讥,断所不免。弟之主意一定,惟潜老谅之。潜斋见他说透衷肠,也就劝的慢了,只得由他赴部投递罢。"

两者相比,由原来的 300 多字扩充为 860 多字,这更有利于充分表现谭孝移内心真实的想法。

国图藏本基本如此。

二是上图藏本中在上面文字后有宋云岫来访、娄潜斋与谭孝移看戏、娄潜斋落榜、谭孝移代为抱屈查卷等情节,但描写较为简略,其文字如下:

谁知到了晓期,礼部放榜,潜斋竟落孙山。潜斋却不甚属意,孝移极代娄公包(应为"抱"。本书作者注)屈。自己长班来了,与了三百钱,写与河南娄昭名字代查败卷。查来时,只见三本卷面写着"兵部职方司郎中王阅",大批一个"荐"字。头场黑蓝笔俱全,二场亦然,到了第三场,策上有两句云:"汉武帝之信方士,唐宪宗之饵丹药",这里蓝笔就住了。谭孝移道:"咳,此处吃亏,可惜了一个联捷进士。"(参见上图藏本第 223 页)

在绿野堂抄本中,除了查卷外还增加了"谭孝移埋怨娄潜斋考试中戆语"一节,进而将上述文字扩展为:

孝移递了告病回籍呈子,礼部批准,打点归装,单等南宫榜发,坐待潜斋高发。谁知过了数日，礼部放榜，潜斋落了孙山。潜斋倒不甚在意。孝移却替为抱屈。与了长班张升百十文钱叫查娄爷败卷。张升查来时，只见卷皮上一个荐字，展开一看，头场黑蓝笔整圈到底，二场亦然。惟到第三场二问策上里面有两句道："汉武之信方士，唐宪之饵丹药。"这处蓝笔不动了。孝移道："此是吃亏处。可惜担阁了一个联捷进士。"因此，并治归装，打点觅车而归。过了两三日，两人同登一车，家人行李一车。出了都门，一路望祥符而来。张升跟定远送，孝移赏了二两银子而回。路上车中闲话，孝移甚埋怨潜斋策中戆语甚为无谓："总之，人臣事君匡弼之心，原不能已，但要委曲求济方得成大君受言之美。故如流转圜，君有纳谏之名，而臣子亦有荣于史册。若徒为激切之言，致其君获拒谏之名，或激恶而予杖或激怒而为杀，实则臣子之罪弥大耳。虽青史不得夸其直，亦何益乎？况潜老以过戆之词，形于场屋，既不能邀其进呈，即自阻致身之路，此何为乎？要之，弟非以结舌冻蝉勖良友也。"潜斋极为谢教，孝移又道："臣子固不可以戆言激君父之怒，若事事必度其有济，不又为阿谀取容辈添一藏身之固乎？"潜斋更极为首肯，道："是"。

这段文字的增补，既表现了二人对科考失利的总结，也反映了当时的政治背景，使故事情节更为圆满。

国图藏本文字基本同绿野堂抄本。

上述的比较表明，绿野堂抄本与上图藏本内容相差较为明显，而与国图藏本基本一致。

二、绿野堂抄本与上图藏本异文词语比较

绿野堂抄本与上图藏本不但故事情节有所出入，而且语言运用上也各具特点。通过对两个抄本前八回词语的使用情况比较，我们可以发现，两个抄本之间词语的差异表现在五个方面。

(一)单音节词语的不同(比较中横线与斜线前词语和短语为上图
　　藏本影印本中的文字,后面的是绿野堂抄本中的文字,下同)

如:邀—待:各家整酒相邀/各家整酒相待(第一回)

享—沐:享了神惠/沐了神惠(第一回)

饿—饥:尚不大饿/尚不大饥(第一回)

叫—呼:飞跑到郑家空院里叫来的/飞跑到郑家空院里呼来的(第一回)

饭—馔:赵大儿摆上晚馔/赵大儿摆上晚饭(第一回)

下—离:那读书学生下位相迎/那读书学生离位相迎(第二回)

托—仗:托姐夫体面才敢请娄先生光降/仗姐夫体面才敢请娄先生光降
(第三回)

惹—令:惹人肉麻—令人肉麻(第四回)

怪—恼:恐惹他心里怪/怕惹他心里恼(第七回)

幅—篇:文不完幅/文不完篇(第七回)

(二)双音节词语的不同

如:严谨—严密:家教严谨/家教严密齐备(第一回)

溺爱—瞎爱:自己溺爱/自己瞎爱(第二回)

品貌—容貌:品貌端正/容貌端正(第二回)

安置—安顿:安置下厨役/安顿下厨役(第二回)

伏侍—奉祀:伏侍着增福增财/奉祀着增福增财(第三回)

聪明—明敏:好一个聪明学生/好个明敏模样(第三回)

旧日—在昔:旧日已称管鲍亲/在昔原同管鲍契(第四回)

恩典—圣恩:不负皇上求贤的恩典/不负皇上求贤的圣恩(第五回)

病故—病殁:母亲病故/母亲病殁(第五回)

下处—寓处:到各店下处答拜/到各店寓处答拜(第六回)

酌度—酌夺:我要酌度去/我要酌夺去(第六回)

汇集—汇齐:或者汇集天下各省人文到省/或者汇齐天下各省人文到省
(第六回)

天喜—良辰:二十日黄道天喜起身赴京/到十二日黄道良辰起身赴京(第
七回)

明敏—明晰:应对明敏/应对明晰(第七回)

开销—开发:你自己开销/你自己开发(第八回)

登历—讨钱:不用账房里登历/不用账房里讨钱(第八回)

慢懈—慢帐:读书的慢懈/读的慢帐了(第八回)

(三)单、双音节词语的差异

这种差异主要表现为绿野堂抄本用双音词,上图藏本用单音节词。如:

如:丧—枯亡:良心未尽丧/良心未尽枯亡(第一回)

看—看理:只教他乡里看庄稼/只叫他乡里看理庄稼(第二回)

客—宾客:王春宇盛馔延客/王春宇盛馔延宾客(第三回回目)

薄—寒薄:我的妆奁薄了/我的妆奁寒薄(第四回)

说—责备:人家说不着我/人家责备不着我(第六回)

信—信息:要他寄个信/要他寄个信息(第七回)

(四)词组与词组之间的差异

如:敬不得—不堪款:也敬不得客/也不堪款客(第三回)

满屋的—四壁上:满屋的都是旧文移/四壁上俱是旧文移(第五回)

顺风流水—瓶中泻水:一句接一句,直如顺风流水/一句接一句,直如瓶中泻水(第七回)

(五)词语的增加

这主要指绿野堂抄本对上图藏本的增加。如上图藏本为"车马乏困",绿野堂抄本为"车马劳攘,身体乏困"(第一回);上图藏本为"多承关切",绿野堂抄本为"多承关切雅爱"(第三回);上图藏本是"弄成个大病",绿野堂抄本为"弄成个不起大病"(第十回),等等。

上述(一)—(四)项中的词语或词组比较表明,绿野堂抄本与上图藏本相比,多是由口语词改成了书面语词,或将方言词语替换成了更加通用的词语。虽也有用更通俗的词语代替较典雅的词语,如用"讨钱""天喜"分别替换"登历""良辰",这种情况不多。第(五)项例子中增加的"劳攘""雅爱""不起"等词语也较为典雅。这样使得绿野堂抄本的用词更加典雅,使小说更富文采,增加了可读性。

综合上述情节增删与语言特点两个方面的比较结果,我们可以看出绿野堂抄本与上图藏本差异明显。从绿野堂抄本到上图藏本的演变经过了大量的增删改写。

第四章
《歧路灯》清代抄本用字例析

　　《歧路灯》各抄本中,使用了大量的俗体字、异体字、通假字,还使用一定量的简化字、避讳用字,并有部分讹字。对俗体字、异体字、通假字、讹字、简化字、避讳用字的调查研究,可以丰富汉字研究的内容,发掘其在汉字演变史上的价值,对今天简化汉字、规范汉字的用字研究有重要作用。同时,可以填补《歧路灯》研究的空白,对拓展地方文献的学术价值和社会价值有一定作用。本章在众多《歧路灯》清抄本中,选取抄写精善、完整的上图藏本为语料,调查其中的俗体字和异体字使用情况,发掘其汉字学价值。

一、俗体字举例

　　所谓俗体字或称俗字,"是区别于正字而言的一种通俗字体"。① "俗字成长于民间的土壤,大抵是'下里巴人'约定俗成的产物。"②《歧路灯》抄本大多产生于民间,其中就有不少俗体字。这里我们以上图藏本中为例,考察清代抄本中的俗体字使用情况。

　　念(念):～先泽千里伸孝思。(1/3,前面数字为回数,后面字数为页数。下同)　动～便想到祖宗,这便是孝。(6/114)　我脸上虽受不得,心里却感～程大叔,说的俱是金石之言。(13/308)

　　騐(驗):不过开开箱笼,～看物件。(7/133)　却说旨意一下,各省保举

---

　　①　张涌泉:《汉语俗字研究》(增订本),商务印书馆,2010 年,第 1 页。
　　②　张涌泉:《汉语俗字研究》(增订本),第 3 页。

人员,有静候～看者,有营运走动者。(10/209) 收抬停当,叫德喜儿拿在楼上一～。(13/306)

厚(厚):大抵成立之人,姿禀必敦～。(1/3) 栢公又谢了～赐,分宾主坐下。(7/138) 这也是千载一遇的～福。(10/203)

幼(幼):自～家教严谨。(1/3) 我自～儿就不晓的见钱亲,只晓的见人亲。(10/227)

树(樹):譬如～之根底。(1/3)

柢(底):譬如树之根～。(1/3)

真(真):他家家教～是严密齐备。(1/4)

学(學):结伴的～徒。(1/3)

觉(覺):面上不～爽快。(5/100) 未免～野有遗良。(7/160) 不～又到二月初一。(10/207) 我也不知诗味,看来只～胸次高阔。(13/308)

揽(攬):这是恭喜的事,还有什么打～手么?(5/100)

兴(與):王氏～端福儿也在桌上同吃。(4/66)

忍(忍):一刻也～受不来。(1/3)

認(認):或～几行字,或读几首诗。(1/8)

狐(狐):～朋狗党,好与住来。(1/3)

段(段):我今为何讲此一～话说。(1/4) 你这一～话,就是真正贤良方正了。(6/114) 这都是抖能员的本领,夸红人儿手～。(9/192)

緞(緞):外呈～表里四色。(1/9)

密(密):真是严～齐备。(1/4)

虧(虧):也～他良心尚未丧尽。(1/4)

處(處):依旧留心相～几个朋友。(1/6) 谭孝移道:"这的房子宽绰,就搬行李,移在一～何如?"(10/214)

盧(盧):下官姓～,本郡范阳人也。(9/200) 这唐僧头戴毗～帽儿,身穿袈裟僧衣。(10/216)

臚(臚):长做四川宜宾县令,次做鸿～寺正卿。(1/10)

獻(獻):学生手捧两杯,～于二位。(2/30)

慮(慮):又～王氏溺爱。(2/35)

戱(戲):山陕庙的岂是闺女看～地方。(4/68)　便在家百方耍～。(8/185)　到明日,我请二位老爷到同乐楼看～。(10/214)

邅(遽):潜斋道:"这样说,乃是偶尔小恙,何足介意,为何～然告病?"(10/210)　只是～尔言别,情不自胜,却也无可奈何。(10/227)

喪(喪):也亏他良心尚未～尽。(1/4)　护～的至亲,替耘轩捧茶下菜。(6/113)　王氏病风～心,敢于胡闹。(8/184)

拔(拔):还有本族人提～他。(1/4)

拔(拔):三十一岁选～贡生。(1/5)

拔(拔):祥符县保举贤良方正～贡生谭忠弼咨文。(6/121)

還(還):自己～有些耻字悔字力量。(1/4)　～要送五位乡绅的咨文。(6/120)　这做大官的～如此说白话。(8/168)

換(換):改志～骨。(1/4)

唤(唤):名～谭忠弼。(1/5)

焕(焕):果然爆竹轰如,桃符～然。(7/129)

谭(譚):这人姓～。(1/4)

彰(彰):回来进～仪门。(7/146)

幛(幛):橘泉见楼厅嵯峨,屏～鲜明。(10/246)

歸(歸):不能扶枢～里。(1/5)　如今大爷～天,你老人家也孤零慌。(12/284)

蒙(蒙):多～一个幕友是浙江山阴绍兴人。(1/5)　他不敢咬,我～住他的眼。(7/138)

陰(陰):多蒙一个幕友是浙江山～绍兴人。(1/5)

靈(靈):～宝公宦游豫土。(1/8)

卑(卑):～职仰窥一二。(7/164)

碑(碑):刊～竖坊。(1/5)

婢(婢):只见一个垂髫~女,一盘捧着盖碗茶。(7/139)　女~手托一桌油果、树果、荤素碟儿,站在屏柱影边。(9/192)

牌(牌):日色已晚,娄、孔才商量讦状、灵~的写法。(11/269)

脾(脾):弟自昨年进京,水土不与~胃相宜,饮食失调。(10/210)　左心小肠肝胆肾,右肺大肠~胃门。(10/249)

愧(愧):真是麟角凤毛,不~潜老。(2/30)　多承错爱,聆扰未免有~。(9/187)

塊(块):王氏叫赵大儿拿面人、面~儿来。(11/267)

魂(魂):人死则~散魄杳。(11/270)

魄(魂):人死则魂散~杳。(11/270)

負(负):生死不~。(1/5)　赵大儿~椅放在窗外。(8/181)

甬(甬):~路西边一大片妇女。(4/67)

誦(诵):父亲口授《论语》《孝经》,已大半成~了。(1/7)

通(通):请一个门馆先生,半~不~的。(2/28)?　况"煞"字《六经》俱无,惟见于《白虎~》。(11/270)

痛(痛):王春宇到灵前行礼,~了一场。(11/273)

具(具):各色庄农器~、房屋材料都是有的。(3/41)

俱(俱):~是书香相继,列名胶庠。(1/5)　有一二十个花园,百样花草~有。(7/145)　况"煞"字《六经》~无,惟见于《白虎通》。(11/270)

歲(岁):谭忠弼十八~入祥符庠。(1/5)　四个女丞相出来,俱是三十~上下旦脚扮的。(10/217)

歲(岁):只见一个公子,年纪不上二十~。(14/311)

會(会):作诗~友。(1/6)　穿过明伦堂,到私宅相~。(7/160)

優(优):俱是祥符~等秀才。(1/6)

擾(扰):多承错爱,聆~未免有愧。(9/187)

曹(曹):向女人~氏说道,今日谭姐夫像有意照管隆吉读书哩。(3/55)我在~门大街路北大门楼儿住。(10/213)

遭（遭）：每月也有三四～。（1/6）　我只说姐夫还在京里,指望姐夫做官,谁知道～下这个大祸。（11/274）　我到学里,十～还不撞着一～。（13/303）

遠（遠）：匪类欲亲终自～。（1/7）　同城不～,端福儿岂有不去之理。（6/125）

园（園）：这孝移宅后有一大～。（1/7）　及至到了花～,日色下午。（7/141）

辕（轅）：～马股栗,仆从抱头。（7/147）　齐集～门伺候。（7/162）

亷（廉）：谭孝移自幼娶周孝～女儿,未及一年物故。（1/7）

簾（簾）：有一个十三四岁的家僮,正织狄～儿。（2/29）

靣（面）：果然～似满月。（1/7）

满（滿）：果然面似～月。（1/7）　这王氏心～意足。（8/182）

瞞（瞞）：自己的行径本领,～得王氏,如何～得众人？（13/297）

児（兒）：日月迁流,这端福～已七岁了。（1/7）　谭娄两乡绅的～,十二岁就进了学。（8/167）

舊（舊）：原是五百金买的～官书房。（1/7）　娄宅只收银花,别的依～抱回而去。（13/309）

寫（寫）：请程嵩淑～了碧草轩匾儿悬挂。（1/7）

瀉（瀉）：肚里也～了好几天。（8/169）　因见病不受补,但～的大胆了,大黄用了八钱。（10/248）

闇（闇）：～楷只得送出大门,一拱而去。（10/248）

蹈（蹈）：将丹徒本家小学生循规～矩的话说了一番。（1/21）

焰（焰）：眼的耳朵的亲阅历有许多火～生光人家。（3/46）

舅（舅）：他～又说俺姐夫闲事难管。（4/67）　他～他妗子生日,这也叫王中去罢。（6/125）　早提起他～年前的话。（8/175）

陷（陷）：一阳～于二阴之中,乃是一个坎卦。（10/247）

掐（掐）：须臾,眼儿合着,手儿～着,浑身乱颤起来。（10/254）

捏（捏）：孝移道："告病原非虚～。"（10/210）

収（收）：孝移又费二百金，～拾正房三间。（1/7） 喜这小主人指日便有～管约束。（8/177） 只～一对银花,别的断不肯～。（13/307）

收（收）：同侪何必不兼～。（1/6）

商（商）：或一二知己,～诗订文。（1/8） 孔亲家说还慢慢与他～量。（8/170）

邉（邊）：这也称得个清福无～。（1/8） 一张大桌,三个坐头,仆厮站在旁～。（10/216）

跟（跟）：端福儿也时常～来顽耍。（1/8） 德喜儿～着伺候茶。（12/290）

疏（疏）：无奈拣了一部杨文靖的奏～,另起一个问头。（9/192）

㤺（跑）：你与一个后生,从庙里～出来。（13/301）

縣（縣）：小的是丹徒～爷家下小人。（1/8）

瓜（瓜）：他是咱对门开面房刘旺吾的什么～葛亲戚。（8/170） 桌面上各色点心俱备,～子儿一堆。（10/216）

孤（孤）：他三个一同来往,也不～零。（3/57） 只是眉薄,未免～身。（8/179） 自此二人旅处不～。（10/206）

派（派）：宜宾～愚侄绍衣顿首叩禀。（1/8） 不妨,不妨,不过是一～阴翳之气,痞满而已。（10/247） 这隆吉已打扮成小客商行款,弄成市井～头。（12/280）

抓（抓）：端福只是～住棺材,上下跳着叫唤。（11/268）

奇（奇）：有许多想不到,解不的～异境。（10/207）

寄（寄）：远～中土。（1/9）

椅（椅）：即速排整碧草轩上桌～炉凳。（2/23）

骑（騎）：坐轿的坐轿,～马的～马。（4/80）

橙（凳）：即速排整碧草轩上桌椅炉～。（2/23）

泰（泰）：合家～吉。（1/9）

庶（庶）：~异日不致互异。（1/9）　即如咱士~之家,长门乏嗣,次门承继。（9/195）

遮（遮）：站在当院,以图支吾~掩。（10/255）

雙（雙）：牙箸二十~。（1/9）　賫诏官~手捧定圣旨。（4/79）　取了闸板,开得~扉大敞,又紧着脚踏大狗脖项。（9/199）

堯（堯）：~桀只说雅俗分。（3/60）

澆（澆）：便似以水~石。（1/3）　王中恐怕家主知觉,定然火上~油。（10/255）

曉（曉）：方~得丹徒谋修族谱。（1/10）　他全不~我的姓名。（7/140）

燒（燒）：到明年十二岁,~完了锁纸,才归宗哩。（3/62）　前边回了神,~过送神纸马,无非神许打救。（10/255）

堯（蕘）：弟到有个刍~之见,未必有当高明。（6/121）

僥（僥）：累年多承指示,~倖寸进。（10/204）

衚（衚）：不必从~衕再转大街。（1/10）

牀（牀）：取出一~铺盖送到西厢房去。（1/10）　叫他在我~前念书。（7/152）　来到~前,急以手摇将起来。（9/202）

蓋（蓋）：只见李公祠是新翻~的,砌甃整齐。（2/30）　倾出茶叶,泡了三~碗懒茶。（5/106）　未知何日才~棺事完。（7/151）

鎖（鎖）：叫蔡湘~了书房门。（1/10）　交与闫相公~在箱里。（6/121）

瑣（瑣）：但此中有个缘故,不妨~陈。（2/32）

聽（聽）：王氏~说弟妇到,喜的了不成。（3/56）　胸中若无真趣,~见俗事,这一个乐字,早已相关。（8/185）

廳（廳）：便到前~。（1/11）

照（照）：自有王中~看,不必细说。（1/11）

紹（紹）：~衣又吩咐梅克仁,同舟送至河南交界。（1/17）

韶（韶）：面貌~秀,汉仗明净。（13/295）

招（招）：喜欢的前后~呼。（3/47）

臉（臉）：孝移洗了手～。（1/12）　绍闻把～红了,说道:"先生教训极是。"（13/299）

俭（儉）：勤勤～～,今日孩子们都有饭吃。（2/37）

簽（簽）：又有一个红～儿,一行小字。（6/121）

检（檢）：买些故书旧册,翻披～阅。（7/153）　取过薛敬轩夫子书来,看一两行,～着疑团儿问栢公。（9/191）　堂上老爷～尸又～出来许多伤痕。（12/283）

劍（劍）：宝～赠于烈士,伏望笑纳。（9/190）

殭（殮）：娄、孔二人含泪看～。（11/267）

發（發）：孝移道:"～过不曾?"（1/13）　他未必就顺顺溜溜开～这五百钱（8/172）　只管放心,现今咱～了财,来时全不料有这。（10/215）

撥（撥）：你们场完时,五人俱～府学,各与了花红纸笔。（7/165）

挿（插）：苏霖臣～口道:"谜酒难吃。"（2/25）　王中～口说道:"不如开发为妙,大爷也不用见他的面,小的自有酌处。"（10/241）

讓（讓）：谭孝移躬身前迎,五位逊～进门。（2/24）　这娄潜斋恭身～坐。（1/121）须臾,掇上饭来,～坐吃饭。（10/214）

勤（勤）：这二人苦心劢～少主人,也算谭孝移感人最深的。（12/293）

覔（覓）：顾～车辆头口。（1/14）　车已是顾～停当。（7/130）

帯（帶）：择吉起程,～了德喜儿、蔡湘。（1/14）　我～他两家书信。（7/140）　这送场接场,俱亲身～人料理。（10/207）

帶（帶）：奉旨于二月二十五日～领引见。（10/208）　个个幞头牙笏,金蟒玉～,列站两旁。（10/217）

滞（滯）：忽然逗留～通津。（8/186）

觧（解）：孝移同绍衣夜坐,出来～手。（1/15）　卖马～的卖的是童子拜观音。（3/48）　蔡湘～开骡子。（8/172）情性也觉着远水不～近渴。（8/185）

懈（懈）：一丝不线,单木不林,已觉着读书的慢～。（8/185）

業（業）：也是大叔这一房的产～。（1/16）

疎(疏):未免虑拜扫～阔。(1/16)　真正自惭～陋,想着告假回籍。(7/143)

潤(阔):良朋久～梦中寻。(6/128)　自觉胸怀比前宏～。(7/154)拥被而坐,单候耘轩叙～。(10/244)

罄(馨):馈赆赠物的,一笔莫能～述。(1/16)

懽(欢):好不喜～热闹。(1/18)

菓(果):又与了些～子点心吃了。(1/18)　女婢手托一桌油～、树～、荤素碟儿,站在屏柱影边。(9/192)

亾(亡):只为父母俱～,无所依靠,与舅氏乔寓在此。(12/289)

忈(忘):就把端福儿～了。(1/19)　也～了他是哪县人。(8/177)

慌(慌):见赵大儿叫端福儿有些～张。(1/20)　如今大爷归天,你老人家也孤零的～。(12/284)

忙(忙):每日～的不知为甚。(3/50)　我见你事～,也有个小事儿。(6/119)　王中连～到家,对小主人说知。(13/304)

妄(妄):一个闲钱也不～费。(4/65)　其实私情～意,心中是尽有的。(6/114)　草野那敢～及朝政。(9/197)

望(望):只～还到门前一问,不求脱骖之赠。(10/230)　又有声～,又有钱财。(10/245)

緵(纔):孩子还小哩,～出去不大一会儿。(1/20)　昨日到尤老爷、戚老爷处,～问明白在悯忠寺后街。(10/214)

杖(杖):挂个拐～,提个小灯笼儿。(1/20)　手执拐～相迎。(7/138)受廷～,窜远方。(9/196)

伏(仗):这升庵先生便说～义死节,正在今日。(9/195)

兔(兔):揭开盒儿一看,无非是鸡鸭鱼～水菜之类。(2/23)

畢(毕):献茶已～。(2/24)　行礼已～,坐下吃茶。(7/160)　三场已～,同回读画轩候榜。(10/207)

笑(笑):公备水菜局,软脚,恕～。(2/24)　只见孙悟空攒着大肚母猪,移步蹒跚可～,抱腹痛楚可怜。(10/219)

哭（哭）：德喜儿、双庆儿在院里～。（11/265） 后来抚棺一～,你也
大～。（13/301）

诨（诨）：有～句调遣劲的。（2/24） 伙计们俱～隆吉儿精明。（8/185）
德喜、双庆每日对我～先生好工夫,都是哄我的。（13/304）

紙（纸）：也有夸～板好的。（2/24） 即叫学书,取童生册页二～。
（7/161） 前边回了神,烧过送神～马,无非神许打救。（10/255）

将（將）：我～来有一事奉恳。（2/25） 但行兵自有主～,而必用内臣监
军,弟则实难屈膝。（10/211）

奖（獎）：送匾～美。（5/96） 乔龄～赏了糖果四封。（7/161） 见罢
礼,夸～了几句,勉励了几句。（13/308）

醬（醬）：栢永龄差人送伏～一缸。（7/141）

散（散）：说了许多闲～话儿。（2/26） 请到这边,～一～儿。（9/189）

撒（撒）：只听得车棚上鼓音擂的似～豆点。（7/147）

步（步）：丢下线头,从容款～而去。（4/64） 他却不妄交一人,不邪走
一～。（10/215）

涉（涉）：历邢台,～滹沱,经范阳。（7/132） 明是脾胃之病,与尺脉何相
干～？（10/249）

垂（垂）：～后流芳,全仗山主大笔。（2/31） 臣子中有引裾～涕泪者。
（9/196） 即令少为～青,未免都是官场中不腆之仪注。（10/222）

睡（睡）：此夕觉得疲困,～到床上,便入梦境。（10/242）

甚（甚）：倘蒙不弃,弟亦领教～便。（2/32） 论起八股,～熟于起承转合
之律。（8/177） 请问先生曾见他们有～么肉麻处么？（9/191）

番（番）：孩子们都慌,就使了两～人去接。（2/33）

翻（翻）：～阅两遍,肚里有了先入之言。（4/70）

審（審）：拈笔在手,左右～量了形势。（4/83） 但未～垂青何意？
（9/200）

夏（夏）：～家以传子为统,殷家以弟及为常。（9/197） 子～说"富贵
在天"。（11/272）

嘠（嘎）：我也极知道没～意思。（2/33）　孝移也没～答应。（6/116）为～不带雨衣。（7/148）　为～叫他街上去,有人跟着没有？（8/168）

戛（戛）：忽的锣～然而止,戏已煞却。（10/220）

尋（寻）：何处更为子弟别～师长。（2/34）　这样先生,天上少有,地上难～。（8/184）

廷（廷）：说大老爷传出朝～喜诏。（4/78）　若是群遵惟正路,朝～不设法曹官。（13/309）

庭（庭）：都在～前闲站着吃茶。（2/34）

爽（爽）：～快请出大兄来面决。（2/35）　邓祥接口道:"去年七八月,原有两三次胸中不～快。"（10/210）　盘盏早备,～利一让就坐罢。（13/298）

灰（灰）：二人见言无婉曲,也～心了。（2/35）　只得拂去～尘,整顿书籍。（12/290）

炭（炭）：有当铺、绸缎铺、海味铺、煤～厂几家都相约抬盒备赙。（7/129）

盡（尽）：枣糕、米糖、酥饼、角黍等项,说不～。（3/41）

游（游）：不过是那些～手博徒。（3/43）　这四五年来,每日信马～缰,如在醉梦中一般。（13/308）

逰（游）：流年又好,一定是～泮的。（8/182）　我今日来请看戏,江西相府班子,条子上写《全本西～记》。（10/215）　世兄～泮,就把我撇下。（13/307）

壞（坏）：动不动说什么～了家教。（3/42）

允（允）：心中打算娄潜斋是必不去上会的,所以应～。（3/44）

闗（关）：上～祖宗之培植,下～子孙之福泽。（3/46）　这一个乐字,早已相～。（8/185）

塔（塔）：一同上车,出南门往东向繁～来。（3/47）

臺（台）：适才上吹～上去。（3/50）　倾出三个小狗儿,在～子上乱跑。（10/220）

輕（轻）：这个关系匪～。（3/52）

辰（辰）：不过一个时～就访的出来。（7/136）　半个时～,云散雨歇。

（7/149）

晨（農）：士～工商，都是正务。（3/53）

唇（唇）：面如傅粉，～若抹朱。（3/53）

晨（晨）：明～拜客，不过两个地方。（7/139） 俱于明日早～到学。（7/156）

辱（辱）：恐背不熟，有～师爷荐举。（7/160）

宸（震）：猛可的盖上钉口，斧声～动，响得钻心，满堂轰然一哭。（11/268）

奈（奈）：我没～何，我自己教他。（3/55） 这王中虽甚着急，争～无计可生。（12/280）

隆（隆）：今日谭姐夫像有意照管～吉读书哩。（3/55） 你想万岁爷字安陆入继大统，一心要崇～本生，这也是天理人情之至。（9/195）

牵（牵）：不用他叫妗子～挂。（3/58） 妻愚子幼，有多少挂～处。（6/117） 且～挂家务，心常郁郁，因有胃脘疼痛之病。（10/210）

恩（恩）：今日领教，也还是先君的～典。（3/59） 长兄无非留心家计，其如皇上天～何。（10/211）

刺（刺）：这闺女描鸾～绣，出的好样儿。（4/67） 娄、孔失却良友，心如刀～，痛的连话也说不出来。（11/268）

刻（刻）：昨日算～字刷印的账。（4/69）

难（難）：这"一十七世为士大夫身"一句，有些古怪～解。（4/70） 大相公知道，～说奶奶不知道。（13/304）

艰（艱）：资斧短少之～的话说。（4/75）

敬（敬）：恭恭～～，把咨文放在桌上。（6/119）

花（花）：天寒飘下雪～儿。（6/123）

粧（粧）：我的～奁薄了，亲家母抱怨。（4/72） 金漆匠自行～彩去。（4/83）

微（微）：日色向晚，各带～醺。（4/72） 心中添出一点～恙，急想回家。（10/203） 咱的前程低～，那朝贵视之如泛泛。（10/222）

捷（捷）：年兄高才~足，今日已宣力王家。（4/74）

睕（睫）：这娄潜斋欠伸不已，孔耘轩也觉目难交~。（11/273）

巳（己）：又吩咐自~家人下酒。（4/75）

然（然）：东宿忽~想起尹公他取友必端。（4/75）

革（革）：再要如此，打顿板子~出去。（4/78）　人恨极了，叫做当~的书办。（7/151）

靴（靴）：只见那钱书办在院里刷皮~。（5/105）　满身亮纱，足穿皂~。（6/118）

鞭（鞭）：况且又有家事在心，~长莫及，不免有些闷闷。（10/221）

旨（旨）：单等迎接圣~。（4/79）　奉~于二月二十五日带领引见。（10/208）

嘗（尝）：那席何~不是珍错俱备。（6/114）

隻（隻）：只见黄河中间，飘洋洋的一~大官船过来。（4/79）　原来二门内锁着一~披毛大狮子狗（7/138）　家中一~狗儿，望着后门乱吠。（12/280）

徽（徽）：乃是加献皇帝以睿宗~号。（4/80）　东宿赏了湖笔二封，~墨两匣。（7/161）

恩（恩）：众谢~已毕，日色已晚。（4/80）　这是朝廷家的皇~，学校中的公议。（6/113）

师（师）：老~公出，未得瞻依。（4/84）　万不可有慢~爷。（7/132）

老（老）：但未免人~了。（5/90）

害（害）：好不利~怕人也。（7/147）

暗（瞎）：把一只眼哭~了。（5/91）

豁（豁）：官馀无俗况，却也耳目清~。（9/188）

割（割）：一句话~断了三年学的根子。（13/302）

沈（沈）：这拔贡就是~文焯、谭忠弼。（5/90）

筭（算）：这可不~我偏么！（5/98）

谦（谦）：若具呈一辞，自然加上些恬淡~光的批语。（6/113）

畱（留）：怕～下儿孙的邪僻的榜样。（6/114）

簮（簪）：有说先代累世～缨哩。（6/118）

黔（黔）：那滇～闽粤地方，未必办的怎样快。（6/121） 俟滇～两粤陆续到部时，一同考试。（7/154）

瞧（瞧）：小主人东～西望。（8/176） 如今到京里～～，住上一个月，还要到天津。（10/214）

點（點）：王中打～行李。（7/130） 鱼贯而进，挨次～名。（7/162） 惟老先生毫无一～俗意儿。（9/190）

黝（黝）：几上一块～黑的大英石。（7/136） 抬来时，果然一具好棺木，漆的黑～～的，放在厅中。（11/267）

默（默）：孝移～～不语。（10/240）

熱（熱）：又不～，也不大冷。（6/122） 但觉到二老跟前，着实亲～。（9/198）

含（含）：秋初早～冬意。（6/122） 十来盆花卉，～蕊放葩。（7/136）且说王中正在账房与阎楷～愁纳闷，忽听客厅有唱歌之声。（10/255） 王氏将官服已与丈夫穿妥，口中～了一颗大珠子，抬至中厅。（11/267）

遞（遞）：赵大先酌一杯，～于家主。（6/123） 孝移也要投～告病呈子。（10/210）

慘（慘）：王中牵马北望，～然不乐。（7/132） 桌子上一盏灯儿儿，半灭半明，好不悽～。（11/273）

奈（奈）：无～心中早悄悄的写下一个迁字。（7/133） 无～拣了一部杨文靖的奏疏，另起一个问头。（9/192） 只是遽尔言别，情不自胜，却也无可～何。（10/227）

屐（屐）：把车儿来一辆停一辆，摆的泥～儿一般。（7/134）

輩（輩）：见了管税的衙役小马之～。（7/134） 你伺候我这一～子。（11/261）

罩（罩）：千个修竹，浓荫～地。（7/136） 不知怎的黑云已～了半壁天。（7/146） 那料太阳云又～，千奇百怪一齐来。（10/257）

窻（窗）：近～一张不髹漆桌儿，木纹肌理如画。（7/136）　又见娄朴，同～共砚，今日相形见绌。（13/309）

筞（策）：别个并无长～。（7/141）

缶（缶）：栢永龄差人送伏酱一～。（7/141）

冹（突）：别个素昧生平，何敢唐～。（7/144）　休要～然惹姐夫回来埋怨。（8/171）

瓦（瓦）：乒乒乓乓，真正是屋～皆震。（7/147）　那看戏的轰然一笑，几乎屋～皆震。（10/220）

甕（甕）：适才盆倾～覆之时，何处停车？（7/150）

璧（璧）：真正是屋瓦皆震，满街～丸。（7/147）

涔（潬）：今泥～甚大，老先生不必急旋。（7/150）

矍（矍）：孝移道："～铄康健，只像五六十岁模样，可喜可庆。"（7/150）

珹（城）：俱系～内知交。（7/159）

就（就）：十二岁～进了学。（8/167）

枕（枕）：～上自说道："我一生儿没半星儿刻薄事……"（10/242）　孝移叫王中："垫起～头，扶我坐一坐儿。"（11/260）

篇（篇）：从的先生又说经文只用八十～，遭遭不走。（7/157）　昨日场中，有两～通俗文字。（8/178）

数（數）：希图五经人少，中的～目宽些。（7/157）　学院问了岁～。（7/162）

高（高）：更喜父母俱是～寿。（8/182）　我也不知诗味，看来只觉胸次～阔。（13/308）

嵩（嵩）：果然门斗去不多时，程～淑到了。（7/158）

稿（稿）：这几套诗～文集。（9/190）

敲（敲）：左右抚摩，上下推～，这八戒哭个不住。（10/219）

裏（裏）：你父师心～明白本院意思。（7/164）　这是薛媒婆引来一个闺女要卖，我心～想留下做伴儿。（12/288）

麪（麵）：还说今夜黄昏,要办~人、桃条、凉浆水饭斩送的事。（10/256）

麪（麵）：多蒙嫂夫人赠䵻二十两,~米街王兄二十两,即此鸣谢。（10/205）

塩（塩鹽）：只叫供粮米油~,不用管饭。（8/170）

钱（錢）：二十五个~一筒。（8/171）　到家赏他们酒饭一顿,留他们住一天,酒~一吊。（10/231）　不是贵东西,连笼只要一千~。（12/291）

钱（錢）：不等坐下就拿出一百~。（8/175）　在咱省听说伙计们伤了本~,急紧到京,见熟人问信,话也恍惚。（10/212）

盏（盞）：只因打碎了玉石~,一袍袖打落下天宫。（10/255）　桌子上一~灯儿儿,半灭半明,好不悽惨。（11/272）

拗（拗）：那个~性子最恨人。（8/172）　赵大儿只怕王中~执,却不料王中早已打算。（12/288）

謡（謡）：街上都~着外甥进了学。（8/173）

摇（摇）：所以根本既固,外物不能~夺。（8/184）

瑶（瑶）：乃是巡海御史欧阳珠合着镇守太监梁~联名同奏。（9/199）

遥（遥）：已从提塘那边寄回一封~贺的书信,未知达否？（10/204）

踏（踏）：我前日偶见孔耘轩中副榜硃卷,倒也~实。（8/179）　取了闸板,开得双扉大敞,又紧着脚~大狗脖项。（9/199）

支（支）：又查出日时干~,大声道:"好好好!"（8/182）

捷（捷）：即不联~,总不出二十一二,必中进士。（8/182）　不日~音到耳。（10/207）

壽（壽）：更喜父母俱是高~。（8/182）

衷（衷）：为臣子者,自当仰体万岁爷的渊~。（9/195）　此其隐~一也。（10/211）

迫（迫）：~切激烈,万万不容。（9/195）

巡（巡）：乃是~海御史欧阳珠合着镇守太监梁~联名同奏。（9/199）

睛（赌）：~了长门家产,就把次门生父母疏远起来,这事行也不行？

(9/195)

冠（寇）：一日阅至浙江奏疏,有倭~猖獗、蹂躏海疆一本。(9/199)　近日倭~骚动的狠。(10/211)

叅（参）：敬以~谋之位,虚左相待。(9/200)

継（繼）：但娄公一去,极难为~。(10/203)

牀（牀）：回来再舖一张~。(10/206)

床（床）：此夕觉得疲困,睡到~上,便入梦境。(10/242)

選（選）：前代以~举取士,这正是学者进身之阶。(10/210)

獲（獲）：若以言~罪,全不怕杀头,却怕的是廷杖。(10/211)

齣（齣）：做完此~,下一~是女主郊迎元奘师徒,到柔远厅上摆筵。(10/218)

坐（坐）：这孙悟空扶八戒~在一个大马桶上。(10/219)

看（看）：天已入冬,这二公围炉~书。(10/222)

墰（墰）：二公复上驮轿,遥见铁~。(10/234)

筭（算）：细为打~,将下逐客之令。(10/240)我走罢,奶奶自己打~打~。(11/286)

初（初）：至于子弟~读书时,先教他读《孝经》及朱子《小学》。(10/241)

逸（逸）：因久客旅邸,不如在家安~。(10/242)

酧（酬）：吩咐~答的话,说的也多了,此夕觉得疲困。(10/242)

醒（醒）：到了五鼓,猛然~了。(10/242)

權（權）：这话~且搁过不提。(10/244)

觀（觀）：次日,法圆还于~音灵课中,捡了一个吉祥帖儿,送与曹氏。(10/256)

勸（勸）：说罢,又大哭起来,众人~住。(11/274)

殯（殯）：邻有丧,春不相;里有~,不巷歌。(11/275)

窝（窝）：我是县衙门前一个官媒婆,人家都叫我薛~~。(12/281)

趂（趁）：端福儿～先生没来，到胡同口一望，只见一个人挑着几笼画眉儿，从东来了。（12/290） 这侯先生～着众人，说他每日教训我，我不听他。（13/303）

从（久）：～有此心，一年来几回，总未得其便。（13/298）

美（弄）：一个峻补，一个洞泻，遂～成一个大病。（11/251）

以上这些俗字有的是历史传承袭用俗字，也有清中晚期产生的俗字，其中部分俗字进入新中国成立后的简化字体系中。《歧路灯》清代抄本中的俗体字值得深入挖掘。

二、异体字举例

"异体字就是彼此音义相同而外形不同的字。"[1]现对上图藏本的异体字举例分析如下。

個、个、箇：他是个正经有来头的门户。（1/4） 生女过多，不是一个"女儿国"么？（11/272） 咱先自己商量箇底本。（5/90） 三箇学生也作了揖。（6/121） 他却不妄交一人，不邪走一步，将来还有箇出息。（10/215）

耻、恥：自己还得些恥字悔字力量。（1/4）

够、夠：也把贫苦煎熬受夠了。（1/4） 夠了夠了，凑趣之极。（6/120）你爹爹这病，多是八分不能夠好的。（11/260）

叫、呌：有个进士呌谭永言。（1/5） 呌小厮把钱收了，告辞起身。（6/120） 呌你们好看戏。（10/214）

葬、塟：即塟灵宝公于西门外一个大寺之后。（1/5） 于父母营塟之时，听风水家说多少发旺，为子的，要在父母身上起这宗利。（11/269）

賓、宾：有兄弟二人，长做四川宜賓县令。（1/10） 接盘在手，分宾主送讫。（7/139） 将留作幕中之宾，又怕应了京中所做之梦。（10/240）

蘇、蘓：一个蘓文，字霖臣。（1/6）

厢、廂：你可引江南来人，到前院西廂房住。（1/10） 绍闻陪着到东厢房。

---

① 裘锡圭:《文字学概要》,商务印书馆,2022 年,第 205 页。

（13/305）

總、総、捴：好好叫端福在家，総不可少离寸地。（1/14）　總是五七十两银子。（5/102）　你爹明年上京，叫你捴不许离我。（6/126）

庄、庒、莊：家兄只好料理庒家。（2/34）乃是一个大莊村。（1/14）也不知在那个莊子上。（5/92）

盡、儘：为人端方博雅，儘足做幼学模范。（2/27）

桌、棹：只见德喜抹棹排碟。（2/25）

掩、揜：大家揜了书本。（2/25）

杯、盃：吩咐赵大热一盃酒。（6/123）　娄潜斋吃了两盃。（13/299）

强、強：万勿強许以所难。（2/25）　比那做官还強些。（6/116）

館、舘：请一个门舘先生，半通不通的。（2/28）　也不说程大叔家道殷实，无须舘谷。（13/308）

鋪、舗：我当初在萧墙街，开了一个小纸马调料舗。（2/36）　时常到咱舗里坐坐。（8/170）

迴、囬：不如少坐一时，我们一同囬去。（2/31）

略、畧：聋者凭目，瞽者信耳，都来要领畧一二。（3/48）　畧叙一会，即辞归寓。（7/144）

牆、墙：在萧墙街开了一个小纸马调料铺。（2/36）

麻、蔴：人家比不得你芝蔴大一个胆儿。（3/43）　芝蔴大一个破绽儿，文书就驳了。（5/100）　做这芝蔴大品官儿，日日到部里谨慎小心。（10/228）

鼓、皷：其余小儿要货，小锣皷、小枪刀，鬼脸儿，响棒之类，也有几十分子。（3/41）　恰好锣皷响处，戏开正本。（3/41）

槍、鎗：其余小儿要货，小锣皷、小鎗刀，鬼脸儿，响棒之类，也有几十分子。（3/41）　还有人说他是鎗手，又是鎗架子。（10/240）

两、両：我们引両个学生，向吹台会上走走罢。（3/44）　送了房钱八十両，还没上账哩。（6/101）　只怕得三十両在左近。（6/107）

朵、朶：眼的耳朶的亲阅历有许多火焰生光人家。（3/46）　这话早传在王春宇耳朶里。（8/167）

躲、躱：嵩老不可躱去。（4/72）　奶奶说，请二位爷各自归宅，今晚二更还

要躲殃哩。(11/269)

實、寔:寔有非人力之所能为者。(3/46)

只、祗:不过人祗尽当下所当为者而已。(3/46)　其心祗有父母两个字。(9/198)

歡、懽:喜懽的前后招呼。(3/47)

綢、紬:绫罗紬缎铺斜坐着肥胖客官。(3/48)

款、欵:却还是先世书香的欵式。(3/52)　栢公哪里肯放,说:"请到东书房再欵叙半刻。"(9/194)

嶽、岳:先岳抱着常说,是将来接手。(3/54)

誤、悮:晌午隆泰号请算账,攛悮不得。(3/59)　休要悮了下月初一日过堂。(7/153)　无意之关切,反悮了咱两个一日促膝快谈之乐。(10/223)

注、註:说是刷印文昌阴骘文註解已成。(4/64)　谭忠弼名下已註明"患病回籍"四字。(10/244)

叹、嘆:东宿嘆口气道:"如今世上断少不得的是这个钱。"(5/92)

鄰、隣:惟有紧隣内亲,知道是屋里女人没道理。(4/65)

面、麪、麵:他是咱对门开麪房刘旺吾的什么瓜葛亲戚。(8/170)　还说今夜黄昏,要办麵人、桃条、凉浆水饭斩送的事。(10/256)

曲、麴、麯:俺麯米街东头巫家有个好闺女。(4/66)　多蒙嫂夫人赠賻二十两,麯米街王兄十两,即此鸣谢。(10/205)

辈、軰:咱家灵宝爷到端福五軰了。(4/68)

搭、搭:搭了一个大官棚。(4/79)　携我同行,家兄也极愿意,一搭儿来。(10/205)

莅、涖:弟涖任虽浅,年长兄盛德懿行,早已洋溢口碑。(4/84)　弟涖任日浅,寅在此十年有余。(7/156)

煮、煑:煑茗清谈一赏。(4/85)

算、筭:抚育孀嫂孤姪,也就筭人轮上极有坐位的人了。(5/92)

侄、姪:抚育孀嫂孤姪,也就筭人轮上极有坐位的人了。(5/92)

概、槩:这也是不约而同之槩。(5/96)

罐、鑵:我就叫门斗再带一鑵。(5/98)

阎、闫：王中从后门过来,闫相公从衙衙来。(5/99)　闫楷在账房哭,德喜儿、双庆儿在院里哭。(11/265)

碗、盌：只见一个垂髫婢女,一盘捧着盖盌茶。(7/139)

匯、彙：或者彙集天下各省人文到部,方好启奏引见。(6/122)

提、隄：作父兄的要留心隄防。(7/129)

欲、慾：但慾壑已满了八分,也就渐收下。(7/135)

柏、栢：这老爷名唤栢永龄。(7/137)　绀宫碧宇,古栢虬松。(7/146)孝移要送,栢公不肯。(9/189)

冰、氷：须臾雨也没了,单单氷雹下倾。(7/147)　虾蟆在月台上铜盥手盆的氷手。(9/193)

柳、桺：这是桺先生家。(7/148)

豔、艳：至于满壁书画,却都是俗葩凡艳。(7/149)

高、髙：不敢动问老先生年髙几多。(7/150)

澀、溢：随提随接,毫无艰溢之态。(7/161)

周、週：你二人年仅週纪,即令文字完篇,本院也断不肯将你两个进了。(7/164)

群、羣：一部是本朝列圣御制羣臣赓和的诗集。(7/164)

炮、砲：砲声震天,鼓乐宣鸣。(7/165)

婿、壻：况且给没过门的女壻请先生,好哩不好哩,人家怎好深管?(8/169)

迹、跡：我再踪跡踪跡,休要突然,惹姐夫回来埋怨。(8/171)　如今仍旧照常,到九月以后,便不显痕跡。(10/243)

黏、粘：董氏早已粘住王氏。(8/175)

松、鬆：不如这先生鬆活。(8/184)

綫、線：一丝不線,单木不林。(8/185)

暖、煖：女婢又提一注子煖酒,仍立在旧处。(9/193)

瓷、磁：中间一株高一丈太湖石,石案一张,磁秀墩四个。(9/194)

淡、澹：只澹雅清幽四个字,便尽其概。(9/194)

衔、啣：无奈日已啣山,正告辞而去。(9/199)

翻、繙:每日繙阅柏公所送书籍。(9/199)

幸、倖:累年多承指示,侥倖寸进。(10/204) 自己是书香世家,如何作此薄倖事,坏了一城风气。(10/240)

攜、携:携我同行,家兄也极愿意。(10/205)

錘、鎚:手持金爪铜鎚,列站两旁。(10/217)

關、関:早宽了朋友関心之责。(10/222)

吊、弔:到家赏他们酒饭一顿,留他们住一天,酒钱一弔。(10/231) 明日好料理送讣、开弔的事。(11/267)

塔、墖:二公复上驮轿,遥见铁墖。(10/234)

丘、邱:大开大合,俱是左邱明的《左传》,司马迁的《史记》脱化下来。(10/239)

庵、菴:半半堂住着一位外来的医生,听说叫做姚杏菴。(10/249)

泪、淚:说着,早已落下淚来。(10/252)

懒、嬾:只见赵大娘打呵欠,伸嬾腰。(10/254)

凄、悽:桌子上一盏灯儿,半灭半明,好不悽惨。(11/273)

往、徃:候冠玉游游荡荡,也轻易不徃碧草轩。(12/279)

傻、儍:儍孩子,你在这楼下坐一会儿,也是你前世里修下福,回去做什么?(12/287)

檐、簷:二人将画眉笼儿,一同挂在厅房簷下。(12/292)

器、噐:谭大兄在日,毫无失德,世兄终为全噐。(13/302)

匹、疋:金带一围,彩绸一疋,杭纱一疋。(13/306)

虚、虗:我不收,虗了相公来意。(13/307)

从以上例子可以看出,《歧路灯》清抄本中异体字使用量也不小。

此外,《歧路灯》清抄本中还使用了大量的简体字,且存在繁简并用情况,有些简体字已经进入新中国成立后的简化字体系中,有些仍然活在民间手写简体字中。其他还存在一定量的通假字、讹字、避讳字等,由此也增加了各抄本之间的异文词语,分析这些不同的用字,有利于整理和研究各抄本之间的异文词语,认识近代汉语词汇发展特点和规律。因此,需要进行全面的归纳和分析。

　　《歧路灯》用字基本反映了清代中晚期汉字手写字的基本情况,对研究汉字形体在近代、现代的发展演变有重要作用,是汉字发展史的重要环节,尤其对研究现代汉字学有重要意义。

第五章

异文与《歧路灯》词语考释

《歧路灯》词语考释，是《歧路灯》研究的一项重要内容，其中有一部分词语，各个抄本或印本的书写形式不同，存在较多的异文。利用异文进行训释，也可以更准确地了解一些词的意义。

一、异文与单音节词考释

《歧路灯》中的部分单音词，特别是方言词语用得非常生动准确，但部分方言词语往往只是方言记音词，通过其字形往往不易理解，如果结合异文材料，就能帮助我们理解其意义，这里通过举例加以分析。

1. 势

> 这元旦、灯节前后，绍闻专一买花炮，性情更好放火箭，崩了手掌，烧坏衣裳。一日火箭势到草房上，烧坏了两间草房。（栾校本，13/140，前面数字为回数，后同数字为页数。下同）

栾星注云："势，音拾，豫语射的转音。"[①]其实，"势"本字当为"躲"。《说文》："躲，弓弩发于身而中于远，从身从矢。篆文从寸。"《增修互注礼部韵略》卷五之二十二昔韵："射，食亦切，以弓弩矢射物。"《汉字古音手册》："音 si，2声。"国图藏本、上图藏本、晚清抄本丙和绿野堂抄本均作"射"。

---

① （清）李绿园撰，栾星校注：《歧路灯》，第 141 页。

2. 撒

　　周小川别过谭绍闻,向当槽说道:"这个人,他说是我行里王春宇的令甥,也不知是也不是。他要走,随他便宜。我只怕他是骗子拐子,你眼儿也撒着些。"(栾校本,44/404)

　　撒:看,不是真正的、实实在在的盯,"撒着些"相当于"瞅着些"。"撒"为记音字,其本字当为"瞦"。《汉语方言大词典》注云:"眼睛很快的闪动。江淮官话。江苏盐城。他眼睛朝我瞦了一下子。"《集韵》:"瞦,色洽切,目睫动貌。"[1]今河南洛阳、南阳及平顶山等地仍有这种用法,如:"这东西先放你这儿,你瞦着些。"豫东有"大眼一瞦"之说。

　　"你眼儿也撒着些",国图藏本同,"你眼儿也撒着些"。上图藏本影印本作"你眼儿也拌撒着些"。"拌撒"一词费解,"拌"疑为"伴",陪伴、陪着之义,义即让当槽陪着看着他一会儿。

3. 叨

　　谭绍闻举箸一尝,却也极为适口,争乃心中有病,仍然咽不下去,只胡乱叨几箸儿,强逗嬉笑而已。(上图藏本影印本,第五十八回,第1151 页)

　　据《汉语方言大词典》,"叨"在东北官话、冀鲁官话、中原官话和兰银官话中均有使用,《汉语方言大词典》中有一条释义为:"用筷子、火钳之类夹东西;搛。"[2]"搛",据《汉语方言大词典》,在吴语中有"搛配""搛下饭""搛小菜"等词语,均指夹菜。[3] 上例中的"叨"即"用筷子夹菜",河南方言仍在使用这种用法。

---

　　① 许宝华,宫田一郎:《汉语方言大词典》,中华书局,1999 年,第 6824 页。
　　② 许宝华,宫田一郎:《汉语方言大词典》,第 1218 页。
　　③ 许宝华,宫田一郎:《汉语方言大词典》,第 6496 页。

"只胡乱叨了几箸",国图藏本、安定筱斋抄本、洛阳石印本和栾校本作"只得拣一块鱼肉,抽了刺,给兴官吃;寻一个鸡胗肝儿"。"拣",《汉语方言大词典》:"用筷子夹。吴语。《金瓶梅》第三四回:'李瓶儿把各样嗄饭,拣在一个碟儿里,教他吃。'"可见,在《歧路灯》时代,"叨""拣""搛"三词同义。至今河南方言中仍有此词,《平舆县志》:"叨菜,夹菜。"①

　　4."抃"

　　　　绍闻认得是张正心声音,即走向门内,把钥匙隔墙抃出来。(上图藏本影印本,第八十八回,第1781页)

　　　　绍闻认的是张正心声音,即走向门内,把钥匙隔墙抃出来。(国图藏本,第八十七回)

"抃"同"拌",即扔掉、舍弃。从异文看,本例中"抃"在栾校本作"扔":

　　　　绍闻细听是张正心声音,即走向门内,把钥匙隔墙扔过去。(栾校本,89/838)

"拌"的这种用法在近代汉语文献中较为常见,如:

　　　　(1)然马公宁海巨族,家资千万,子孙诜诜,虽素乐恬淡,亦未易猛拌也。(梁栋《重阳教化集序》,阎凤梧等《全辽金文》,山西古籍出版社,2001年版,第1789页)

　　　　(2)先生乃锐然捐产舍家,违妻离子,颠髻体褐,蹑后而行,径入梁汴间,栖泊期月。(刘孝友《重阳教化集序》,阎凤梧等《全辽金文》,山西古籍出版社,2001年版,第1787页)

　　　　(3)一旦拨置家务,弃去井邑,而偕为汴梁之行,无复有系着念。

---

　　① 平舆县史志编纂委员会编:《平舆县志》,中州古籍出版社,1995年第1版,第523页。

（刘愚之《重阳教化集序》，阎凤梧等《全辽金文》，山西古籍出版社，2001 年版，第 1791 页）

（4）自非澡雪神情，捐弃尘累，则何足以仰膺师训，深造道枢，从乎汗漫之游，达彼逍遥之趣？（王滋《重阳教化集后序》，阎凤梧等《全辽金文》，山西古籍出版社，2001 年版，第 1793 页）

（5）几番小丑蹴妖尘，净扫浔梧粤地新。瘴雨岚烟才见日，蛮花狁草也逢春。拌将笔砚羞文士，肯事干戈作将臣。记取勋劳镌石上，三生真有旧缘因。（文万选《李士莲与郑献甫等平乱纪实诗》载杜海军辑校《桂林石刻总集辑校》，中华书局，2013 年版，第 1099 页）

以上五例，前四例出自《全辽金文》四篇《重阳教化集序》文，都是谈马丹阳抛家舍业、学习道教的情形，但四位作者分别用了"拌""捐""拨置""捐弃"等同义词。例 5 中，诗人文万选赞扬晚清军事家刘坤一投笔从戎、平定黄三叛乱的功绩，同一碑文中，另一作者李士莲的诗写道："小丑恣跳梁，浔梧蠢尔集。投笔事戎行，韬钤等伦轶。"两诗都描写一个人物投笔从戎，一说"投笔"，一说"拌将笔砚"，都是动宾结构，一个是动词直接带宾语，一个是动词后带上一个表动作完成或实现的助词"将"。"拌"与"投"同义，都有扔掉、舍弃之义。

现代方言词中，"拌"又记作"板"，指扔物，如"板，扔：把那玩艺板哪儿。"①又指未成年孩子夭折，如："板了，未成年的小孩夭折。"②在现代河南方言中用"板"而不用"死"等词，应是一种委婉用法。

二、异文与复音词语考释

李绿园曾长期在开封、洛阳、北京等文化中心地区生活，又有过 20 年的"舟车海内"经历，见多识广，熟稔古代文化，《歧路灯》中运用了大量富有新意的方言词语、文化词语或俗语词。这些词的释义往往需要证之以现代汉语方

---

①　临颍县志编纂委员会：《临颍县志》，中州古籍出版社，1996 年，第 682 页

②　郏县地方志编纂委员会：《郏县志》，中州古籍出版社，1996 年，第 557 页。

言及民俗,才能得到准确的理解。本节主要利用异文材料,对部分复音词或俗语加以考释。

1.“落阁”

钱书办道:“……你二位既是托我,我以实说,这大院里写本房还得五两。我不是要落阁的。你问弟姓钱,名叫钱鹏,草号儿钱万里,各衙门打听,我从来是个实在办事的人。”(栾校本,5/54)

栾星先生注云:“落阁,豫语犹说从中渔利,或中饱。”①这种解释有可商榷之处,与词的本义相差较远。

“落阁”是一个复合词,其中“落”指有意留下别人的东西,前文中已举例说明。

“落阁”中的“阁”有“放”“藏”等义,也写作“搁”。在《歧路灯》的各版本中,“阁”“搁”二字即经常互用。如:

(1)盛希侨笑道:“……大凡人到了丫头、小厮不向眼里搁,他又不曾说,自己心里明白,任凭你是什么英雄,再使不着豪气万丈。”(栾校本,99/928)

(2)当槽把窗台上周小川送的二百钱塞进去,替他背上行李,出的店门,就阁在谭绍闻肩上。(上图藏本影印本,第四十三回,第847页)

(3)春宇道:“外甥那里去了?篮子里什么东西?”端福把篮子搁下,向前作揖,说道:“是二十筒十丈菊。”(栾校本,8/85)

(4)夏鼎道:“我自然不肯约他。他一个客就带了几个家人,把咱满座子客架住了,咱们小排场,如何搁得下他。”王隆吉道:“正是如此哩。”(栾校本,37/346)

例(1)中“不向眼里搁”即不往眼里放;例(2)“就阁在谭绍闻肩上”等于说

---

① (清)李绿园撰,栾星校注:《歧路灯》,第55页。

"就放在谭绍闻肩上"。例（3）、（4）中的"搁"均为"放"义。

综上，《歧路灯》中上述的"落阁"，指有意落下、留下（别人的东西）。由于栾校本《歧路灯》中指留下别人的东西或得到好处时多用单音词"落"，"落阁"只出现一例，加之上图藏本影印本又作"落哥"，笔者曾怀疑"落阁"有误①，刘洪强先生也认为"落阁"一词不可解②。《歧路灯》国图藏本、乾隆抄本、安定筱斋抄本、洛阳石印本、朴社排印本、绿野堂抄本及河南省艺术研究院藏本等第五回中，均作"落阁"。栾校本"落阁"一词无误。

此外，"阁"或"搁"又与"沉"组成复合词"沉阁"或"沉搁"，义为"放下"或"压住不予办理"。如：

依稀仿佛是："敬烦藻亭夏老爷行囊带至河南省城萧墙街家叔谭公表字孝移处投递。幸无沉搁，铭荷无既。眷弟谭绍衣百拜嵩恩。"（栾校本，86/815）

其中"沉搁"，安定筱斋抄本和洛阳石印本作"沉阁"。《汉语大词典》收有"沉阁""沉搁"二词。③

此外，"搁"与"抬"同义，都有"放""藏"之义，组成的同义复词"抬搁"，义仍为"放""藏"，而《近代汉语词典》释为"摘取搁放"，不够确切。④ 因为不了解"抬"之藏义而致误。该书对"抬"的 15 条释义中没有一条释为"藏"的。⑤《汉语大词典》未收"抬搁"一词。

"抬"有收藏义，二书也均未收录。

---

① 王冰：《〈歧路灯〉词语例释》，《南阳师范学院学报》，2012 年第 8 期，第 41 页。

② 刘洪强：《栾星本〈歧路灯〉校勘疏漏举隅》，《宁波大学学报》（人文科学版），2014 年第 1 期，第 61 页。

③ 罗竹风：《汉语大词典》（第五卷），汉语大词典出版社，1994 年，第 1011 页、1014 页。

④ 白维国：《近代汉语词典》，上海教育出版社，2015 年，第 2063 页。

⑤ 白维国：《近代汉语词典》，第 2062 页。

2."僮瞀"

　　娄朴、张正心早已到院拱邀。盛宅各仆从,莫不肃然。这不是因举人、副榜到宅,别立体统,总因赌博之场,僮瞀也有八分轻忽,所谓"君子不重则不威"也;衣冠之会,宾主皆具一团恪恭之心,所谓"上行下自效"也。(栾校本,99/926)

　　栾星先生注云:"僮瞀,指仆役。"[1]栾星先生这里失校,"僮瞀"之"瞀"字系错字。现对此予以分析。

　　《古今韵会举要》卷四之十灰韵:"僮,陪僮,臣也。《方言》'南楚骂庸贱谓之田台'。通作台。《左传》仆臣台。"[2]可见,"僮"有仆人义。据《说文·目部》:"瞀,氐目谨视。"《玉篇·目部》:"瞀,目不明貌。"如:

　　伏思微臣职司皆重地要任,似此心神昏瞀,肢体颓唐,不敢以久病残躯,旷官恋栈。(阎敬铭《奏为久病不愈气体日衰仰恳圣恩俯准开缺调理事》,《近代史所藏清代名人稿本抄本》第一辑第2册,大象出版社,2011年版,第72页)

　　本例中"昏瞀",即不清,不明,昏乱。在"僮瞀"这一组合中,"僮"为名词,作主语;"瞀"无论是当"氐目谨视"讲,还是当"目不明貌"讲,都作谓语,"僮瞀"构成一个主谓结构。但是在上述"僮瞀也有八分轻忽"中,"僮瞀"应是一个名词性结构,作主语。因此,我们认为,"僮瞀"这一组合有问题。

　　通过调查版本异文发现,国图藏本、安定筿斋抄本《歧路灯》作"台瞀"。如:

　　(1)娄朴、张正心早已到院拱邀。盛宅各仆从,莫不肃然。这不是

---

① (清)李绿园撰,栾星校注:《歧路灯》,第927页。

② (元)黄忠绍,熊忠撰,宁忌浮整理:《古今韵会举要》,中华书局,2000年,第90页。

因举人、副榜到宅,别立体统,总缘赌博之场,台辇也带有八分轻忽之意,所谓"不重则不威"也;衣冠之会,宾主皆具一团恪恭之心,所谓"上行下自效"也。(国图藏本,第九十六回)

（2）娄朴、张正心早已到院拱邀。盛宅各仆厮,莫不肃然。这非是因举人、副榜到盛宅,别立体统,总缘嫖赌之场,台辇也带八分轻忽之意,所谓"不重则不威"也;衣冠之会,宾主皆具一团恪恭之心,所谓"上行下自效"也。(安定筱斋抄本,第九十九回)

《玉篇·日部》:"辇,侍也。"《诗经·小雅·雨无征》:"曾我辇御,憯憯日瘁。"毛传:"辇御,侍御也。"故"辇"有侍从之义。"辇"与"儓"组成名词性同义复词"儓辇",指仆人,与《歧路灯》之上下文正相吻合。

另据李绿园诗《戊戌春正月坐横山惜阴斋与中牟胡藁船吕廿二寸田话山水》:"吴头楚尾多冈岭,齐郊鲁域亦丘阜,若拟日观落雁峰,总是台辇牛马走。"[1]此处的"台辇"与《歧路灯》中的用法相同。

上图藏本、洛阳石印本及绿野堂抄本均误。上图藏本眉批中改成"台舆",并注曰:"台舆者,仆人之称"。这就涉及"儓辇"的几个同义词。

一是"舆台",与"台舆"为同素异序同义词,文献中多有运用,如:

（1）三韩使者金鼎来,方奁馈送烦舆台。(苏轼《鳆鱼行》,黄任轲、朱怀春校点《苏轼诗集合注》,上海古籍出版社,2001年版,第1322页)

（2）天教桃李作舆台,故遣寒梅第一开。(苏轼《再和杨公济梅花十绝》,黄任轲、朱怀春校点《苏轼诗集合注》,上海古籍出版社,2001年版,第1657页)

（3）饮酒乐甚,素不饮者皆醉。自舆台皂隶皆插花以从,观者数万人。(苏轼《牡丹记序》,孔凡礼点校《苏轼文集》,中华书局,1986年版,第329页)

（4）公卿百官卫士,富者车帐仅容,贫者穴居露处,舆台、皂隶不免

---

① 栾星:《〈歧路灯〉研究资料》,第76页。

困踣,饥不得食,寒不得衣,一夫致疾,染及众人,夭伤无辜,何异刃杀?
(梁襄《谏幸金莲川疏》,《全辽金文》,山西古籍出版社,2001 年版,第
1564 页)

二是"仆僮"一词,如:

　　这王象荩在监十余日,不惟诸事中款,且识见明敏,并盛宅二公子
也喜欢的了不的,夸道:"王中真仆僮中之至人,若为之作传,则王子渊
之便了,杜子美之阿段,举为减色。"(栾校本,103/963)

此处的"仆僮",民国上海明善堂排印本作"台仆"。
总之,"僮瞀""舆台""台舆""仆僮""台仆",都有仆人、仆从、侍从之
义,为一组同义词。
　　3."伫羡"

　　观察向盛希瑗道:"闻已中副车,小屈大绅,将来飞腾云路,绳武继
美,伫羡,伫羡。"盛希瑗道:"少年失学,幸副榜末,已出望外,何能寸
进,以慰宪大人成就至意。"(栾校本,96/899)

"伫羡"一词,栾星先生未作注释,《汉语大词典》等辞书未收,今试作考
释。"伫"即"伫",上图藏本影印本作"贮","伫""贮"同,国图藏本作"竚"。
《汉书·孝武李夫人传》:"饰新宫以延贮兮。"颜师古注:"贮"与"伫"同。《尔
雅·释诂下》:"伫,久也。"羡,羡慕,如《文选嵇康〈琴赋〉》:"羡斯岳之弘敞。"
李周翰注:羡,慕也。"伫羡"即思慕已久之义。作为敬词,相当于今之"久
仰"。"伫羡,伫羡"类似今天人们见面时的客套话"久仰,久仰"。与"伫羡"同
义的词语还有"健羡""翘羡"等。如:

　　(1)老前辈以博综之才,为经师之望,大江南北,人才蔚起,健羡健
羡。(陈田致缪荃孙书二,顾廷龙校阅《艺风堂友朋书札》,上海古籍出

版社,1980 年版,第 236 页）

（2）湛丈同寓园中,谈宴之乐,翘羡翘羡。（费念慈致缪荃孙书一百四十,顾廷龙校阅《艺风堂友朋书札》,上海古籍出版社,1980 年版,第 391 页）

"健羡",《汉语大词典》释为"非常仰慕,非常羡慕。"十分准确,而"翘羡"一词未收。

4. 胡柴

若说夏鼎这一个开药铺没有《本草纲目》,口中直是胡柴,总然说的天花乱坠,如何能哄的人？（上图藏本影印本,第二十回,第 432 页）

安定筱斋抄本也作"胡柴"：

若说夏鼎这一个开药铺没有《本草纲目》,口中只有胡柴,纵然说的天花乱坠,如何能哄的人？（安定筱斋抄本,第二十回）

国图藏本作"柴胡"：

若说夏鼎这一个开药铺没有《本草纲目》,口中直是柴胡,纵然说得天花乱坠,如何能哄的人？（国图藏本,第二十回）

栾校本作"胡柴"：

若说夏鼎这一个药铺,没有《本草纲目》,口中直是胡柴,纵然说的天花乱坠,如何能哄的人？（栾校本,21/209）

栾星先生注释为："胡柴:中药柴胡的倒语,胡扯的意思。"把"胡柴"释作胡扯,这种释义没有问题,但与中药柴胡联系起来,也许有牵强之处。

"胡柴"一词在《歧路灯》还有如下用例：

（1）乱听术士口胡柴，祖墓搜寻旧骨骸。纵使来朝朱紫贵，现今赌债怎安排？（上图藏本影印本，第六十回，第1210页）

（2）绍闻道："像你们这些小户人家，专一是信口开合。"巫翠姐道："你家是大家了，若是晓得'断机教子'，你也到不了这个地位。"绍闻笑道："你不胡说罢。"巫翠姐道："我胡说哩？我并不胡说。"绍闻有了恼意，厉声道："小家妮子少体没面，专在庙里看唱，学的满口胡柴！"（上图藏本影印本，第八十一回，第1675页）

例（2）中，"胡柴"与"胡说"为同义词。"学的满口胡柴"，国图藏本第八十回作"学的满嘴胡柴"：

绍闻道："像你们这些小户人家，专一信口开合。"巫氏道："你家是大家子，若晓得'断机教子'，你也到不了这个地位。"绍闻笑道："你不胡说罢。"巫氏道："我胡说哩？我并不胡说。"绍闻有了恼意，厉声道："小家妮子少体没面，专在庙里看唱，学的满嘴胡柴！"（国图藏本，第八十回）

"胡柴"在元曲中已有运用，如高明《蔡伯喈琵琶记》云：

（末白）老的姓甚？名谁？家里有几口？
（丑白）老的姓丘，名乙己，住上大村，有三千七十口。
（净）胡说！
（丑）告相公：上大人，丘乙己，化三千，七十士。
（末）一口胡柴。
（净）你实有几口？

（丑）小人夫妻两口,孩儿两口。①

"胡柴"还可以写成"胡才",《近代汉语词典》即举明代文献用例加以解释:"即'胡柴'。明纪振伦《联芳记·策士》:'满口胡才,左右的与我打将出去。'《醋葫芦》八回:'那里学这一口胡才,也来厮混?'"②《汉语方言大词典》释为"胡说,胡扯",并指出北京官话、中原官话(河南南阳)都有这个词。③

"胡柴"一词,并非李绿园首创,只是他在自己的中医学知识基础上巧妙地运用了这个词语,使其与中药"柴胡"联系起来,所以才有"开药铺没有《本草纲目》,口中直是胡柴"这样的语言。这也许是栾星先生将"胡柴"认为是"中药柴胡的倒语"的主要原因。其实从构词理据上说,"胡柴"与"柴胡"并没有联系。李绿园对中医颇有研究,笔者曾在新安县李绿园族人李铁梁先生处见过其父亲李珍先生抄写的《绿园药方》,部分药方被编入李铁梁编著的《李珍嘉言懿行录》,他在小说中将"胡柴"与中药铺联系,语言更加生动活泼。④

另外,今河南方言中有"胡喳"一词,如《郏县志》:"胡喳,胡说八道。"⑤"胡喳"是否与"胡柴"有联系,还需要进一步研究。

5.后园

相送出门,绍闻自回家中。到了东楼,果然兴官儿在巫翠姐床上坐着念《三字经》,冰梅在傍看着。绍闻道:"先生上那里去?"冰梅笑道:"像是往后园猪圈上去。"言犹未已,翠姐早进来,向盆内洗手。(上图藏本影印本,第七十四回,第1536页)

"像是往后园猪圈上去",安定筱斋抄本作"像是往后园便宜去了"。张生汉先生曾对"便宜"一词有过释义,认为"便宜"一词可以"用作婉辞,指大小

---

① 王季思:《全元戏曲》(第十卷),人民文学出版社,1999年,第185页。
② 白维国:《近代汉语词典》,第794页。
③ 许宝华,宫田一郎:《汉语方言大词典》,第3855页。
④ 李铁梁:《李珍嘉言懿行录》,中州古籍出版社,2016年,第129—141页。
⑤ 郏县地方史志编纂委员会:《郏县志》,第555页。

便,与今日人们不说'上厕所'而说'去方便'用意同"①。从上引上图藏本例的后文的"言犹未已,翠姐早进来,向盆内洗手",可以推知,翠姐的确是方便去了,那么这里的"后园"就是厕所。用"后园"指厕所,河南农村至今还有这种用法,《杞县志》:"后园,厕所。"②

"后园"又作"后院",如上图藏本上例中"像是往后园猪圈上去"一句,栾校本第七十五作"像是后院去了",其文字如下:

相送出门,绍闻自回家中。到了东楼,果然兴官儿在巫氏床上坐着念《三字经》,冰梅一旁看着。绍闻道:"先生上那里去了?"冰梅笑道:"像是后院去了。"言未已,巫氏进楼来,向盆中净了手。(栾校本,75/724)

国图藏本第七十四回作"像是往后院各人便宜去"。河南方言中也有这个词,如《镇平县志》:"后院儿,厕所。"③

6. 撺圈

王紫泥道:"你单管奚落人,我只怕到场里,一嘴不来把我弄撺了圈哩。"(上图藏本影印本,第三十二回,第651页)

撺圈:跑,溜走。上图藏本在此眉批道:"本地风光。"意即河南方言中有此种描写。

国图藏本也作"撺了圈":

王紫泥道:"你单管奚落人,我只怕到场里,一嘴不来把我弄的撺了圈。"(国图藏本,第三十二回)

①　张生汉:《〈歧路灯〉词语汇释》,河南大学出版社,1999年,第6页。
②　杞县地方史志编纂委员会:《杞县志》,中州古籍出版社,1998年,第852页。
③　镇平县地方史志编纂委员会:《镇平县志》,方志出版社,1998年,第940页。

"一嘴不来把我弄撺了圈哩",栾校本第三十三回作"一嘴不来把我弄的蹿了圈哩"。今河南方言中仍有"撺圈"(蹿圈)一词。如:他刚才还在这儿的,一会儿撺圈了。《汉语大词典》失收此词。

7."登历"

> 王氏道:"他舅呀,你不知俺这家,通是王中当着哩。"说着便上楼取了五百钱,递于端福道:"你自己开销,也不用账房里登历。"(上图藏本影印本,第八回,第171页)

这里的"历"是一种会计文书,其功能是记录日常的财务收支状况。据唐耕耦先生研究,敦煌寺院会计文书中有"常住什物方面的簿历"和"财务方面的簿历",分别包括常住什物领得历、付历、借历、点检历、入历、破历、便物历等[①]。方宝璋先生认为,宋代用于财务收支的会计簿册"历"的特点,是按时间顺序逐日登记钱物收支的活动,类似今天的日记账,如仓库的门历、出入历、库经、官吏军兵的请受历和料钱历等。宋代历是比较原始的财务收支记录,较真实地反映某部门的收支活动[②]。从这个词的使用可以看出,《歧路灯》中谭家账房也用"历"记载往来账目,谭绍闻需要时到账房"历"上登记一下,即可取钱开销,所以当王氏给他钱后就说不用到账房讨钱或登账了。"登历",栾校本作"登账",与上图藏本的"登历"意思相同,"历"与"账"为同义异文。

国图藏本无"登历"一词:

> 王氏道:"他旧呀,你不知俺家通是王中当着哩。"上楼取了五百钱,递与端福道:"你自己开发,也不用账房哩开消。"(国图藏本,第八回)

---

① 唐耕耦:《敦煌寺院会计文书》,《北京图书馆馆刊》,1996 年第 1 期,第 49—50 页。

② 方宝璋:《宋代的会计账籍》,《北京师范学院学报》(社会科学版),1991 年第 5 期,第 18—19 页。

《歧路灯》中还有"勾历"一词,如:

既卖之后,即请账主还债,第一个少不的王隆吉,他认的银色高低,算盘也明白。第二个少不了盛公子,他主户大,肯出利钱,客商们不肯得罪他。况且性情亢爽,客商们若是刁难,说那些半厘不让的话,盛公子必吆喝他,他们怕公子性动粗。总之以撤约勾历为主,此之谓结局之道也。(栾校本,83/798)

清代碑刻还有"历账"一词:

出息者不足备演戏费用,恐世远年湮,历账坠失,是即终不如始也,不大负置敬衍神之本意乎?(《中岳庙丁社钱两碑记》,载许宗合、刘孟博等编《汝东文史资料选辑》未刊本,第127页)

"勾历"即勾账、销账。上图藏本、绿野堂抄本、洛阳石印本、安定筱斋抄本同栾校本,均作"勾历",而民国排印本作"撤约勾销",可能系不明"勾历"之义而改。

8. 南顶

"南顶"一词,在《歧路灯》中出现多次:

(1)回到家中,曹氏问道:"你往那里去了? 南顶祖师社里来请了你三四回,遍地寻不着你。"(栾校本,8/86)

(2)黄道官道:"他是云游道人,说是先师祖烧香南顶,在周府菴有相与。"(栾校本,75/733)

(3)侯冠玉道:"打开春王姐夫烧香朝南顶去,隆吉在铺子里管账目,已多日了。"(栾校本,11/120)

(4)虎镇邦道:"长话短说。我昨日回来,本街上有一道朝南顶武当山的锣鼓社。"(栾校本,63/588)

(5)盛希侨道:"……我迟一半年,指瞧弟以为名,到京城走走,不

比朝南顶武当山还强些么？"（栾校本,99/927）

例(1)中"南顶"，栾星注云："南顶指湖北武当山,为道教圣地之一。"[1]张生汉先生指出："朝南顶,简称'朝顶',南顶指武当山南顶。朝南顶,就是到武当山道教圣地进香朝拜。明清时期,中原一带民间到武当山进香朝拜的风气甚盛,特别是春季,常结社而行,声势浩大,热闹非凡。至今洛阳一带如巩义、偃师等地的人们,还拿跟'朝南顶一样'来形容场面的喧闹。"[2]

据笔者调查,在《歧路灯》作者李绿园的家乡平顶山市湛河区曹镇,当地群众至今仍有在二月初一、初六或十九结伴到武当山烧香的风俗,人们称武当山为"南大顶""南顶山"或"大顶山",如有"上南大顶去哩"等说法。此外,还有所谓"小顶山""二顶山"的说法。对此,《平顶山市郊区志》也有记载："但自80年代以来,……有的村民为达某种目的,求神、许愿,一旦巧合,目的达到,便上山烧香祭神还愿,有的还到小顶山、大顶山(武当山)进香。"[3]

上述例(1)在国图藏本第八回作:回到家中,曹氏问道:"你往那里去,南顶祖师社里,请你四回,遍地觅不着。"

例(2)中"烧香南顶",国图藏本、洛阳石印本同,上图藏本、安定筱斋抄本作"南顶烧香";例(3)中的"烧香朝南顶",晚清抄本丙作"朝南顶去"。可见"南顶"一词已独立运用。国图藏本为"烧香去"。因此,例(4)、例(5)中的"南顶武当山",应为同位结构,"南顶"与"武当山"所指为同一个事物。国图藏本在第六十二回、第九十六回也同作"朝南顶武当山"。

《歧路灯》中还有"东顶"一词,如:

口中哼哼,说出的话,无理无解,却又有腔有韵。似唱非唱似歌非歌的道:"香烟缈缈上九天,又请我东顶老母落凡间。拨开云头往下看,又只见迷世众生跪面前。"（栾校本,11/127）

---

① （清）李绿园撰,栾星校注:《歧路灯》,第87页。

② 张生汉:《〈歧路灯〉词语汇释》,第13页。

③ 平顶山市郊区志编纂委员会:《平顶山市郊区志》,中州古籍出版社,1995年,第344页。

东顶,也即东顶山,下文曾谈及南天门,东顶山即指泰山。

据明李濂《游王屋山记》云:"王屋山……其绝顶曰天坛,常有云气覆之,轮菌纷郁,雷雨在下,飞鸟视其背,相传自古仙灵朝会之所,世人谓之西顶。盖以武当山为南顶,泰山为东顶,而并称三顶云。"①可知,称武当山为南顶,泰山为东顶,至迟始于明代。

"朝山"之俗起自汉代。清翟灏《通俗编》"朝山"条称:"《盐铁论》'古者无出门之祭。今富者祈名岳,望山川,椎牛击鼓,戏倡舞像。'按俗于远处进香谓之'朝山'。据文,则此俗之兴由于西汉。"②

据《河南新志》卷三云:

> "此外又有朝山者,亦谓之'朝爷',建旗鸣锣,恒数百人为一队,而妇妪为尤多,连续而行,望之如大军过境。其目的地甚多,不能悉数,如汝南之小南海、商城之金刚台、宝丰之香山寺、济源之济渎庙皆是。大约数百里间,必有一处。更有远至外省者。如旧南阳府属各县之朝武当山,淮南各县朝木兰山,西边各县之朝华山。"③

"朝爷"之风俗,在《歧路灯》国图藏本第八回中有明确的描写:

> 到了正月初四日,王春宇与那合社人等,烧了发脚纸钱,头顶着日值功曹的符帖,臂系着"朝山进香"的香袋,打着蓝旗,敲着大锣,喊了三声"无量寿佛",黑鸦鸦一二十人,上武当山朝爷去了。(国图藏本,第八回)

---

① 四库全书存目丛书编纂委员会:《四库全书存目丛书·集部七一》,齐鲁书社,1997 年,第 32 页。

② (清)翟灏撰,颜春峰点校:《通俗编》,中华书局,2013 年,第 274 页。

③ 河南省地方史志编纂委员会:(民国十八年)《河南新志》,中州古籍出版社,1988年,第 172 页。

朝爷,或称朝顶。栾校本即作"朝顶":

> 且说腊尽春来,到了正月初四日。王春宇与那合社的人,烧了发脚纸钱,头顶着日值功曹的符帖,臂系着"朝山进香"的香袋,打着蓝旗,敲着大锣,喊了三声"无量寿佛",黑鸦鸦二三十人,上武当山朝顶去了。(栾校本,8/86)

"朝顶"一词,张生汉先生曾有详细释义:"到山上佛寺道观朝拜。……《歧路灯》中特指到武当山南顶(即金顶)朝拜进香。因为武当山在南边,故称南顶。"[1]

9.窠子

> 巫翠姐道:"就是叫进来,小大儿狗窠子,我不叫他伺候我。叫着他,白眉瞪眼的,不如他在外边住着罢!"(上图藏本影印本,第五十五回,第1099页)

窠子,陆澹安《小说词语汇释》释为"私娼"[2]。《汉语大词典》释为"私倡的俗称。元杂剧中多作'科子'。"[3]《歧路灯》中,巫翠姐用来骂王中妻子赵大儿时,用"窠子"一词,将其比作地位低贱的人。河南方言中仍有这个俗语词,在农村,妇女之间骂人,特别是婶子、大娘骂年轻未出嫁的小姑娘或年轻的侄辈媳妇时还经常用这个词语,如:"您婆子那个窠子。"在这句话中"窠子"作谓语,构成名词谓语句,意即您婆子是个私倡之类的。

上面例子,国图藏本和安定筱斋抄本与上图藏本稍有异文,但均作"窠子",如:

> 巫翠姐道:"就是叫他进来,小大儿狗窠子,我不叫他伺候我。叫

---

① 张生汉:《〈歧路灯〉词语汇释》(增订本),河南大学出版社,2021年,第36页。
② 陆澹安:《小说词语汇释》,上海古籍出版社,1979年,第636页。
③ 罗竹风:《汉语大词典》(第八卷),汉语大词典出版社,1994年,第449页。

着他,白眉瞪眼,不如他在外住着罢!"(国图藏本,第五十五回)

（巫翠姐道：)"就是叫进来,小大儿狗窠子,我不叫伺候我。叫着他,白眉瞪眼,不如他在外边住着罢!"(安定筱斋抄本,第五十五回)

而栾校本中作"窝子"：

翠姐道："就是叫他进来,小大儿狗窝子,我不叫他伺候我。叫着他,白眉瞪眼的,不如他在外边住着罢!"(栾校本,56/521)

"窝子"或称"私窝子",义即私娼。① 张生汉先生引栾校本第六十五回下列用例进行了解释：

不知怎的惹下堂上边老爷,一直到前院,把他虎大哥及夏家,还有卖豆腐家孩子,俱锁的去了。前院那两个私窝子,从后门也金命水命没命的跑了。

10. 水浆泡子

王氏道："昨晚见过相公,真正平头正脸,全是张大嫂的造化。"梁氏道："不怕嫂子笑话,我昨晚气的一夜不曾眨眼。这水浆泡子未必能成人；即令成人,这两根老骨头也不知土蚀烂了,那像嫂子儿长女大,孙子也该念书。嫂子前世修的好福。"(上图藏本影印本,第六十七回,第1373页)

国图藏本也作"水浆泡子"：

王氏道："昨晚见过相公,真正平头正脸,全是张大嫂的造化。"梁

---

① 张生汉：《〈歧路灯〉词语汇释》(增订本),第309页。

氏道："不怕嫂子笑话，我昨晚气的一夜不曾眨眼。这水浆泡子未必能成人；即令成人，这两根老骨头也土蚀烂了，如今不过是个眼气儿，那像老嫂子儿长女大，孙子也该念书。嫂子前世修的好福。"（国图藏本，第六十七回）

水浆泡子，当为一种比喻性的俗语，用来指婴幼儿，表示小孩又软又滑，不强壮，难以养育和照顾。《近代汉语词典》引证《元曲选》《金瓶梅》中的用例，把"水泡"一词释作"比喻婴幼儿"："《元曲选·任风子》三折：'休想他水泡般性命，顾不的你花朵似容颜。'明《金瓶梅》五七回：'又不曾长成十五六岁，出幼过关，上学堂读书，还是个水泡，与阎罗王合养在这里的。'"[1]但未收"水浆泡子"一词。《汉语大词典》也未收此词。安定筱斋抄本作"水浆包子"，当属抄写错误。

11. 飞子

我再说上一句冷水浇背的话：这正是灯将灭而放横烟，树已倒而发强芽。只怕盛宅那一百二十两，只要满相公事后，送上几片帐单，本身上来几张取货飞子，便扣除开发的，所剩有限了。岂不难哉？（上图藏本影印本，第七十八回，第1637页）

《歧路灯》洛阳清义堂石印本、国图藏本都没有"飞子"一词。上图藏本中"只怕盛宅那一百二十两，只要满相公事后，送上几片帐单，本身上来几张取货飞子，便扣除开发的，所剩有限了。岂不难哉？"一段话，安定筱斋抄本卷十五第七十六回中作：

只怕盛宅那一宗一百二十两，只要满相公事后送上几片帐单，本身上来几张取货飞子，便扣除开发的，所剩有限的了。岂不难哉？（安定筱斋抄本，第七十六回）

---

① 白维国：《近代汉语词典》，第2003页。

"飞子"都与"取货"组合搭配,表明其用途是用来取货的。

而栾校本作:

> 只怕盛宅那一宗九十两,只满相公事后,送到一片子账单,便扣除开发的所剩有限了。岂不难哉。(栾校本,79/770)

从异文看,"飞子"即相当于"账单",或者说就是从别处取货的凭证。

飞子,《汉语大词典》未收。《汉语方言大词典》"飞子"条释为:"票据;纸条凭证",并指出在胶辽官话(辽宁大连)、中原官话(安徽阜阳)、江淮官话(扬州)等方言中均有应用①。

12. 合子利钱

> 宋云岫便向潜斋道:"到了天津,谁知伙计们大发财源,买了海船上八千银子的货,不知海船今年有甚阻隔,再没有第二运上来,咱屯下的货竟成了独分儿,卖了个合子利钱拐弯儿。昨日与伙计们算了一算,共长一万三千五百二十七两九钱四分八厘。"(上图藏本影印本,第十回,第212页)

国图藏本中没有"合子利钱拐弯儿"一词,栾校本中作"合子拐弯儿利钱",例如:

> 宋云岫便向潜斋道:"到了天津,谁知伙计们大发财源。买了海船上八千两的货,不知海船今年有什么阻隔,再没有第二只上来,咱屯下的货竟成独分儿,卖了个合子拐弯儿利钱。昨伙计算了一算,共长了一万三千五百二十七两九钱四分八厘。"(栾校本,10/106)

栾星先生的注释是:"合子拐弯儿,豫语一倍还多一点的意思。'合子'即

① 许宝华,宫田一郎:《汉语方言大词典》,第464页。

倍的意思。'拐弯儿'指一倍以外的尾数。"①说"合子拐弯儿",指一倍还多一点的意思,语义基本可信,但把"合子"释为"倍",则未能说出理据。

其实,要正确理解"合子拐弯儿",准确理解"合子"是关键。所谓"合子",本指一种食品。《汉语方言大词典》"合子"条称:"两张饼合在一起。吴语。浙江绍兴。清茹敦和《越言释》卷上:'两饼相合,俗又谓之合子。'"②吃"合子"的风俗如今在天津的年俗中仍有反映,并有"合子拐弯儿"这一俗语词。据天津《中老年时报》2019年2月7日第1版《谭汝为教授说初三民俗——合子为嘛"往家转"》一文云:

> 民间有谚语:"初一饺子初二面、初三的合子往家转"。正月初三,作为一种传统年俗,老天津卫要吃合子。"合子是饺子的一种变体,是用两个面皮中间夹上馅,上下捏合成圆形,有时还要在合子边上捏一圈花边,其文化含义是预示家庭和美圆满。老天津人在正月初三这天一定要吃合子,所谓'初三的合子往家转',因'转'与'赚'同音,合子也寓意财源滚滚来。"谭汝为表示,天津传统年俗不仅初三吃合子,初八、初九也要吃合子,并有"合子夹八,越过越发""合子夹九,越过越有"之称。此外,正月十一、二十一也要吃合子,称"合子拐弯儿"。《津门竹枝词》中有道:"洁敬财神杯盏罗,朝餐攒馅是三和,愿郎今岁丰财货,合子拐弯得利多。"这里的"合子拐弯"是说好日子已过整十都拐弯了,蕴含着人们对美好生活的祈盼和祝愿。"

从上面材料可以看出,用"合子"指生意上盈利赚钱应是一种比喻说法,取合子两张饼合在一起之义,指一本一利相合,因此才可以解释为"一本一利",一些工具书也将"合子钱"释为"一本一利"之义,如陆澹安《小说词语汇释》云:"合子钱,一本一利。"③《汉语大词典》:"合子钱:一本一利。即本利相

---

① (清)李绿园撰,栾星校注:《歧路灯》,第107页。
② 许宝华,宫田一郎:《汉语方言大词典》,第2108页。
③ 陆澹安:《小说词语汇释》,上海古籍出版社,1979年,第194页。

等。"①《近代汉语词典》引《醒世姻缘传》三三回和《歧路灯》一〇回释义:"合子,对合;(利钱和本钱)数量相等。"②

"合子利钱"与"合子钱"同义,如《醒世姻缘传》第三十三回:"但凡人家有卖什么柳树、枣树的,买了来,叫解匠锯成薄板,叫木匠合了棺材,卖与小户贫家,殡埋亡者,人说有合子利钱。"③

"合子利钱拐弯儿"与"合子拐弯儿利钱"的意思一样,都是盈利比本钱还要多。这两个词语应是当时的俗语词,《歧路灯》真实地记录了这个俗语词。而今天的天津民俗为准确理解这个语词提供了鲜活的证据。相比而言,这种理解比栾星先生的解释更加直接、生动、准确。

从对以上词语的考释可以看出,在一些方言及民俗文化词语的理解中,必须结合现代汉语方言或民俗文化才能更加准确有效,也更有利于说明一些词语的产生理据和发展使用情况,而不至于望文生义。

三、《歧路灯》清代抄本双音缩略词考释

汉语复音词中有一类经过一个词组省略而成的特殊复音词,王云路先生称作省略式复音词,俞理明先生称为缩略词。王云路先生在谈到中古汉语的省略式复音词时指出:"构词上的'省略',从形式上看,包括省略中间部分或省略前后部分两种,也包括提取关键词;从来源上看,有日常习惯用法省略和古语省略两种。……省略的特点是:词短而义长,双音节词表达的是词组或句子的意义。"④

近代汉语中的省略式复音词也具有同样的特点。据调查,《歧路灯》多种抄本或印本中也运用了一些省略式复音词,从形式上看,有的为提取关键词而成,如"新开""开正""开祥""担杜";有的为省略中间部分而成,如"讹滞""增首""附首""额贺"。在表义上它们都具有"词短而义长""双音节词表达词组

---

① 罗竹风:《汉语大词典》(第三卷),汉语大词典出版社,1994 年,第 145 页。
② 白维国:《近代汉语词典》,第 768 页。
③ 西周生:《醒世姻缘传》,中州书画社,1982 年,第 457 页。
④ 王云路:《中古汉语词汇史》,商务印书馆,2010 年,第 387 页。

的意义"的特点。试分析如下：

1. 新开

> 夏逢若道："这就一发单靠住贤弟，我的事真正一客不烦二主了，到新开之后，与你另扎公馆，连日就在马姐夫家住。"（上图藏本影印本，第七十四回，第1536页）

上图藏本影印本在此眉批道："新开二字阙疑。"我们认为，"新开"是一个省略式复音词，是"新正开年"的省略形式。

"新正""开年"二词在《歧路灯》中都有运用。如：

> （1）日月如梭，不觉过了腊月，又值新正，谭孝移择了正月初十日入学，王氏一定过了灯节，改成正月十八日入学。（上图藏本影印本，第二回，第38页）
>
> 日月如梭，不觉过了腊月，又值新正，谭孝移择了正月初十日入学，王氏一定叫过了灯节，改成正月十八日入学。（国图藏本，第二回）
>
> （2）将近三冬，绍闻说："明年新正元宵，要在定海寺门前放烟火架。"（上图藏本影印本，第一百二回，第2058页）
>
> 将近三冬，谭绍闻说："明年新正元宵，要在定海寺门前放烟火架。"（国图藏本，第一百一回）
>
> 将近冬月，谭绍闻吩咐，明年新正元宵节，要在定海寺门前放烟火架，请本省最好的烟火匠来问话。（栾校本，104/970）
>
> （3）娄朴道："二哥年内去，我就年内起身；开年去，我就春天去，老苗子举人，随得便宜。"（上图藏本影印本，第九十七回，第1964页）
>
> 娄朴道："二哥年内去，我就年内起身；开年去，我就春天去，老苗子举人，随得便宜。"（国图藏本，第九十六回）

《汉语大词典》首引白居易《岁假内命酒赠周判官萧协律》诗，释"新正"为"农历新年正月"；首引李商隐《宋玉》诗释"开年"为"明年"。"新正""开年"

连用时省略为双音词"新开",来表达词组的意义,即"明年正月"。

"开年"也即开春。栾校本即作"开春":

　　娄朴道:"二哥年内去,我就年内起身,开春去,我就春天去,老苗子举人,随得便宜。"(栾校本,99/927)

《汉语大词典》失收此词。

2. 开正

　　却说谭黄岩回去,将簪初的计偕同年,年内即行备席饯过;盛希侨亦将簪初请席,付与家信,拜揖托过,席罢而归,单等开正初二公车北上。(上图藏本影印本,第一百六回,第2145页)

"开正"的形成方式和"新正"相同,是由"开年新正"提取关键词缩略而成,与"新开"同义。本例中的"开正初二",在同回中又作"正月初二",是对"开正"的最好注释:

　　恰好姐姐的孙子簪初中了乡试,正月初二日起身上京会试。(上图藏本影印本,第一百六回,第2143页)

可见,"开正"即正月。《汉语大词典》释为"正月初",很正确。

上图藏本中的"开正"一词,栾校本作"开春":

　　却说绍闻回来,年内将簪初约的偕行同年,备席饯过。盛希侨亦请席,付与家信。单等开春,偕王春宇北上。(栾校本,108/1012)

3. 开祥

　　这话出于何处? 出于河南开封府祥符县萧墙街。……多蒙一个幕友,是浙江山阴绍兴人,姓苏名簪,表字松亭,是个有学问、有义气的朋友。一力担承,携夫人、公子到了祥符,即将灵宝公薄薄的宦囊,替公子置产买田,分毫不染;即葬灵宝公于西门外一个大寺之后,刊碑竖坊。因此,谭姓遂寄籍开祥。(上图藏本影印本,第一回,第4页)

"开祥"为"开封祥符"的省略。前文称"开封府祥符",后文省略为"开祥",属于习惯用法而省略,因而全书运用较多。如:

(1)东宿代禀道:"是娄昭,今科中式第十九名,是开祥一个名宿。"(上图藏本影印本,第七回,第163页)

国图藏本、栾校本同此。

(2)忽一日,宗师行牌,自河北回省,坐考开祥,王中料主人必出应试,再不料考开祥一棚,竟是石沉大海。(上图藏本影印本,第四十四回,第869页)

忽一日,宗师行牌,自河北回省,坐考开祥,王中料主人必出应试,再不料考开祥一棚,仍是石沉海底。(国图藏本,第四十四回)

栾校本则作"开封":

忽一日宗师行牌,自河北回省,坐考开封。王中料主人必出应试。不料考开封一棚,亦不见绍闻回来。(栾校本,45/417)

4.增首、附首

只见众生员齐声都道:"老师所见极确,请老师一言而决。"东宿道:"还要众年兄裁处。"程希明道:"若要众门生们裁处,要到八月丁祭才具回复哩。"东宿也笑了,因吩咐书办道:"你先点明四个斋长、增生附生学首。"那书办点明道:"四斋长听点:张维城,余炳,郑足法,程希明。"四斋长俱应道:"有。"书办又道:"增首、附首听点:增生苏霈呀,附生惠养民呀。"二人亦应道:"有。"(上图藏本影印本,第五回,第97页)

只见众生员同声都道:"老师所见极确,就请一言而决。"东宿道:"还要众年兄裁处。"程希明道:"若要门生们裁处,要到八月丁祭才回复哩。"东宿也笑了,因吩咐书办道:"你先点明四个斋长、增生附生学首。"那书办点名道:"四斋长听点:张维城,余炳,郑足法,程希明。"四斋长俱应道:"有。"书办又道:"增首、附首听点。"苏霈、惠养民二人亦应道:"有。"(国图藏本,第五回)

只见众生员齐声都道:"老师所见极确,就请一言而决。"东宿道:"还要众年兄裁处。"程希明道:"若要众门生们裁处,要到八月丁祭,才具回复哩。"东宿也笑了,因吩咐书办道:"你先点明四个斋长,增生、附生学首。"那书办点明道:"四斋长听点:张维城,余炳,郑足法,程希明。"四斋长俱应道:"有。"书办又道:"增首、附首听点:增生苏霈呀,附生惠养民呀。"二人亦应道:"有。"(栾校本,5/49)

在此例中,称"增生、附生的头目",前文用"增生附生学首",后文省略为"增首""附首"。

5.额贺

下一等幕友,托他个书札,他便是"春光晓霁,花柳争妍。""稔惟老寅台长兄先生,循声远著,指日高擢,可预卜其不次也。额贺,额贺"云云。俗气厌人,却又顾不得改,又不好意思说不通。(上图藏本影印本,第一百三回,第2084页)

下一等幕友,托他个书札,他便是"春光晓霁,花柳争妍。"稔惟老寅台长兄先生,循声远著,指日高擢,可预卜其不次也。额贺,额贺云云。俗气厌人,却又顾不得改,又不好意思说不通。(国图藏本,第一百二回)

下一等幕友,比比皆是,托他个书札,他便是"春光晓霁,花柳争妍。""稳维老寅台长兄先生，循声远著，指日高擢，可预卜其不次也。

额贺，额贺"云云。俗气厌人，却又顾不得改，又不好意思说它不通。

（栾校本，105/982）

额贺，为一个缩略词语，为"额手称贺"之省。额手，以手加额。额贺，即以手加额称贺。"额手称贺"或许仿自"额手称庆""额手称颂"。据《汉语大词典》，"额手称庆""额手称颂"同义，即"以双手合掌加额，表示庆幸"，并引清代小说中下面的用例加以说明，如：

《野叟曝言》第五七回："须臾，任公等喜孜孜的陆续出来，诉说所以，没一个不咋舌惊叹，如醉如梦，额手称颂，欣喜欲狂。"①

俞理明先生认为，缩略词具有圈内色彩，"交际圈是缩略发生的重要环境支持，不少缩略词都带有明显的圈内色彩。"②"增首""附首"二词的使用即具有这种性质，之所以这样省略，就是因为是在这个场合、这个圈内大家都能理解其意义。

关于缩略词的形式特点，俞先生还指出："有的缩略词，它的代表形式分别来自于原形中的每一个构成成分，即从原词语的每一个词或每一个部分中选取一个代表形式组成。利用这种方式，造成了一些结构和形式上与原词语保持了密切对应关系的新缩略词。"③而且，"每一个字都与原形式中的一个复合词相应，可逐字复原。"④

我们认为，由于作者用词习惯不同，有些缩略词语的原形或许在一部文献中不一定能找到，但这样的词语仍然存在是缩略词语的可能。有的作者可能自己对一个短语加以缩略，有的可能采用别人使用过的缩略形式。如：

清人著作中的缩略词用法，其原形与缩略形式即不出现在同一篇文献之中。

---

① 罗竹风:《汉语大词典》(第十二卷)，汉语大词典出版社，1994 年，第 341 页。

② 俞理明:《汉语缩略研究——缩略:语言符号的再符号化》，巴蜀书社，2005 年，第 341 页。

③ 俞理明:《汉语缩略研究——缩略:语言符号的再符号化》，巴蜀书社，2005 年，第 124 页。

④ 俞理明:《汉语缩略研究——缩略:语言符号的再符号化》，巴蜀书社，2005 年，第 125 页。

（1）"合肥谓多言之报，……家渭易不晤逾月，音问亦阔，弥增离索之感。"①

这里的"离索"即"离群索居"之缩略。但在同一篇文献中并未找到其原形。

（2）是属毛离里之恩，且不得因其事而杀其服。（郭曾炘《议覆田吴焌出继归宗酌定持服折》，《郭曾炘集》第 355 页）

所奏虽未议行，亦可见毛里之爱，有生所同。（《议覆画一满汉服制折》，《郭曾炘集》第 367 页）

前文中用"属毛离里"原形，下文中用缩略形式"毛里"。《歧路灯》上图藏本中也有"属毛离里"一词：

那王氏也是自幼夫妇，曾听过谭孝移一言半语，这日子穷了，受过艰难困苦，也就渐渐的明白上来，况谭绍闻近来这个返邪归正，也足以感动的，缘这孝是感动天地的，何况属毛离里之母亲乎？（上图藏本影印本，第八十六回，第 1736 页）

同样运用"属毛离里"，郭曾炘就用了"毛里"缩略式，而李绿园却没有用其缩略式。

《歧路灯》中的"山斗""瑜亮""担杜""讪滞"等词，我们认为，虽然在《歧路灯》诸抄本中还未找到其原形，仍然是缩略词，在此加以分析。

6. 山斗

程嵩淑道："可惜藩台公朴斋老先生竟生下这一个公孙，当日藩台

---

① 虞和平主编：《近代史所藏清代名人稿本抄本》第一辑，第 42 册，第 245—246 页。

公学问淹博，德行醇正，真正是合城中一个山斗。到了别驾，就有膏粱气了，养尊处优之中，做不明不暗的事儿，未及中寿，竟而物故。"（上图藏本影印本，第十九回，第 411 页）

山斗，即泰山、北斗的缩略形式。《汉语大词典》释为"犹言泰斗。比喻为世人所钦仰的人。"据《汉语大词典》，"山斗"一词在辛弃疾《水龙吟·甲辰岁寿韩涧尚书》词中就有运用："况有文章山斗，对桐荫、满庭清昼。"明清一直都有运用。明乔世宁《何先生传》："明兴，诗文足起千载之衰，而何李最为大家，今学士称曰'何李'，或称曰'李何'，屹然为一代山斗云。"[1]

7. 蓬荜

盛希瑗道："小户之贤女，到书香世族，自会不贤。家表兄家两位表嫂，俱是续弦于蓬荜。二表嫂是老实人，到家表兄家，如乡村人入城，总是小心的。"（上图藏本影印本，第一百一回，第 2044 页）

蓬荜，"蓬门荜户"的缩略，指贫困之家。据《汉语大词典》，"蓬荜"一词在晋葛洪《〈抱朴子内篇〉自序》中就有运用："藜藿有八珍之甘，而蓬荜有藻棁之乐也。"[2]

8. 瑜亮

荐上总裁，搭上"取"字条儿，单等请了各省额数，以便填榜。偏偏《春秋》房所取卷子，溢了额数一本，余下"筵"字三号、"贡"字九号要汰一本。两本不分伯仲，考官吴老先生难以瑜亮，择"筵"字三号经文中有一句不甚明晰，置之额外。（上图藏本影印本，第一百六回，第 2146 页）

---

① 罗竹风:《汉语大词典》(第三卷)，汉语大词典出版社，1994 年，第 769 页。
② 罗竹风:《汉语大词典》(第九卷)，汉语大词典出版社，1994 年，第 512 页。

瑜亮,即周瑜与诸葛亮的缩略省称,分别指周瑜与诸葛亮,区分高低。《汉语大词典》注云:"瑜亮,三国周瑜与诸葛亮的并称。……后称两人才能相匹敌者为'瑜亮'。"①

9.担杜

谭绍闻道:"凭怎说,经官我是不敢的,再想法子罢。"王隆吉道:"其次只可弄三五十两银子,请个有担杜的、敢说话的人,居中主张,把这起人央免他,叫让些,不能如数,不过是没水不杀火而已。"(上图藏本影印本,第五十九回,第1177页)

"担杜",栾星在栾校本中注为"豫语谓担得起,擎得住"。②《汉语方言大词典》引栾校本《歧路灯》六十回收录"担杜"一词:"请个有担杜、敢说话的人,居中主张,叫他们让些。"释为"担得起,擎得住。中原官话。河南。"③

这里的"担杜"也是一个省略式复音词,由"担带杜当"提取关键词而成。"担带",《汉语大词典》首引汤显祖《紫钗记·冻卖珠钗》例释为"承担"。《歧路灯》中也有这种用法,如:

绍闻哈哈大笑道:"先生不通,先生不通,要退束脩哩。"翠姐道:"你还不曾给我,退甚么?"冰梅道:"东家担带着些罢了。"(上图藏本影印本,第七十三回,第1525页)

《汉语大词典》据栾校本《歧路灯》第69回例,将"杜当"作"杜挡",释为"阻挡,抵挡"。"杜当""杜挡"异形同义,上图藏本中作"杜当"。如:

(1)盛希侨道:"今日这事若是舍弟撞下的,我再也不肯与他出这样力。……我所以极力杜当,舍与他二十两罢。"(上图藏本影印本,第

---

① 罗竹风:《汉语大词典》(第四卷),汉语大词典出版社,1994年,第609页。
② (清)李绿园撰,栾星校注:《歧路灯》,第557页。
③ 许宝华,宫田一郎:《汉语方言大词典》,第3211页。

六十八回,第 1401 页)

(2)王隆吉道:"你说的一发不是话头,难说你殡埋姑夫只图杜当赌账么,再休说此话,传出去人家笑话。"(上图藏本影印本,第六十回,第 1191 页)

"担杜"作为"担带杜当"的省略形式,即"承担并抵挡"之义。

10. 讹滞

张类村道:"少吃一杯儿,还有正经事办。……省会办事,比不得下州县,书办讹滞,要他们多少钱,咱一箭上垛,书办使费大家公摊。"(上图藏本影印本,第九十六回,第 1947 页)

张公道:"少吃一杯,还有正经事办。……省会办事,比不得外州县,书办讹滞要多少钱。咱一箭上垛,书办使费,大家公摊。"(栾校本,98/919)

"讹滞"为"讹诈迟滞"的省略式。"讹诈",《汉语大词典》引《镜花缘》第九十九回例释为"借故敲诈勒索"。《歧路灯》中也多次使用"讹诈"一词。如:

(1)七八个家人拦住轿子说道:"贵治在冲路开店,包揽土娼,讹诈客官。"(上图藏本影印本,第九十九回,第 1996 页)

(2)本日五辆车飞奔赶京,到了芦沟桥报税,彰仪门验票,那个习难逗留讹诈侮慢,越是个官儿,一发更受难为。(上图藏本影印本,第九十九回,第 2007 页)

"迟滞",《汉语大词典》首引《唐语林·栖逸》例释为"延迟,推延"。《金瓶梅》中也有"迟滞"一词的这种用法,如:

当下吃毕酒饭,翟谦道:"如今我这里替你差个办事官,同你到下处,明早好往吏、兵二部挂号,就领了勘合,好起身。省的你明日又费往

返了。我分付了去,部里不敢迟滞你文书。"(《皋鹤堂批评第一奇书金瓶梅》,第三十回,第470页)

《歧路灯》中"迟滞"的意义和用法与《金瓶梅》相同,如:

　　谭绍闻道:"咱两个还得起文取结,方得部咨,这书办迟滞勒索,得好些时担阁。"(上图藏本影印本,第九十七回,第1965页)

"讹诈迟滞"连用,省略中间部分而形成省略式复音词"讹滞",义即"借故敲诈而推延不办"。

在《歧路灯》的各种抄印本中,上述有关省略式复音词的使用互有异同。如国图藏本、安定筱斋抄本、洛阳石印本、上海明善堂排印本以及栾校本均无"新开"一词。上图藏本第九十七回、安定筱斋抄本第九十九回、国图藏本及洛阳石印本第九十六回同回目中的"开年"一词,在栾校本第九十九回均作"开春"。"担杜"一词,安定筱斋抄本中作"担社",国图抄本、洛阳石印本和上海明善排印本作"担任"。不论是"担社",还是"担任",都找不到其原形,可能是抄写致误。而且上海明堂排印本与洛阳石印本同属一个版本系统,因此二者的错误一致。陈秀兰说过:"敦煌变文中的新词,有些是通过同义连文的方式产生的,有些是通过词语重叠而产生的,有些是通过化用古语、词语凝固、缩略等方式而产生的。"①因此,我们可以说,《歧路灯》一书通过缩略丰富了汉语词汇的宝库。

如果继续全面调查各抄本的异文,可能还会发现一些不同形式的缩略词语,甚至还会发现其他形式的省略,如上图藏本之"汉武帝之信方士,唐宪宗之饵丹药"(第十回),在绿野堂抄本中作"汉武之信方士,唐宪之饵丹药"(第九回)。这些语言现象都需要进一步深入研究。

---

①　陈秀兰:《敦煌变文词汇研究》,四川民族出版社,2002年,第177页。

第六章
从异文看栾校本《歧路灯》存在的问题

自 20 世纪 60 年代,栾星先生历时十年,辛苦搜罗各种版本,择善而从,认真校勘和注释,使 108 回《歧路灯》(本书简称栾校本)于 1980 年由中州书画社出版,成为多年来最为通行的版本,嘉惠学林,其功至巨。栾校本系由多种残本合校、补缀而成,同时对底本作了删改,文字面貌不但与现存主要底本差异明显,而且与《校勘记》也有不吻合之处。栾校本自问世以来,在词语校勘与断句等方面存在的问题曾引起学者们的关注。但是,多年以来,栾星先生在校注整理时对底本的"删削"和"施针线"之处,以及由此造成的栾校本与底本文字的差异情况,一直未能引起学界的措意,这对《歧路灯》的研究非常不利。

一、栾校本与底本文字的差异

由于各种条件限制,栾星先生在整理时所使用的底本与参校本都残缺不全。栾校本是综合多种版本补缀而成的合校本,对此,栾星先生曾有详细的说明:"其中乾隆庚子过录本,为传世抄本最早者,我即用作第一底本,缺失部分,主要以叶县传出旧抄甲及安定小斋抄本补足之。参稽他本,择善而从,合为全璧。"①在栾校本所据的三种主要底本中,乾隆抄本存前 46 回,且 40 回之后已漫漶不清;叶县旧抄本甲与安定筱斋抄本同为嘉庆年间抄本,分别残存 32 回和 72 回,叶县旧抄本甲今已不存。这三种残本与现存能见到的 105 回本和 107 回抄本相比,无论在数量上还是在质量上都相差甚远,均不是理想的底本。

---

① (清)李绿园撰,栾星校注:《歧路灯》,第 1018 页。

更为严重的是,在校勘过程中栾星先生还对底本进行了"理荒去秽"工作,"对个别冗赘描写作了删削","对情节上的不连缀处,曾少施针线"。①

这里我们通过比较以观察其"删削""少施针线"等"理荒去秽"之处。

(一)栾校本与乾隆抄本比较

乾隆抄本,又称乾隆庚子过录本,现藏河南省图书馆,其面貌与栾星先生使用时基本一致。我们在比较栾校本与乾隆抄本的文字后发现,二者的差异非常明显。试以前五回为例进行分析说明如下。

(1)乾隆抄本:此皆孝移素知,今日阅完家书……(第一回)

栾校本:此皆孝移素知,但不知丹徒族人近今如何。及阅完来书……(第一回,第4页)

(2)乾隆抄本:到了楼下,也用了午饭,复到前庭……(第一回)

栾校本:午饭后,复到前厅……(第一回,第6页)

(3)乾隆抄本:又一日,有两个人抬了架漆盒儿进门,王中告于家主。揭开盒儿一看,无非是鸡、鸭、鱼、兔,水菜之类。拜匣内开着一个眷弟帖儿,上写着张、娄昭、孔述经、程希明、苏雯臣。(第二回)

栾校本:又一日,有两个人抬了架漆盒儿进门,王中告于家主。揭开盒儿一看,无非是鸡、鸭、鱼、兔,水菜之类。拜盒内开着一个愚弟帖儿,上写着张维城、娄昭、孔述经、程希明、苏霈。(第二回,第11页)

(4)乾隆抄本:日巳西沉,吃完了茶,大家作辞起身。(第二回)

---

① (清)李绿园撰,栾星校注:《歧路灯》,第1019页。

栾校本:日已西沉,大家起席。吃完了茶,作辞起身。(第二回,第12页)

(5)乾隆抄本:孝移又叫拿出一个全帖,放在护书内,出街坐在车上。(第二回)

栾校本:孝移又叫拿出一个全帖,放在护书内,出街升车。(第二回,第13页)

(6)乾隆抄本:孝移道:"……我想娄潜斋为人,端方正直博雅,尽足做幼学模范。……无有在我家便说请先生之理。今日我邀大兄同往,替我从旁赞成。"(第二回)

栾校本:孝移道:"……我想娄潜斋为人,端方正直博雅,尽足做幼学楷模。……没有在我家便说请先生之理。今日我邀大兄同往,替我从旁赞助一二。"(第二回,第13页)

(7)乾隆抄本:孝移道:"小儿先学娄潜斋品行,况又是博学之人,训蒙必无俗下窠臼。"(第二回)

栾校本:孝移道:"况且博雅之人,训蒙必无俗下窠臼。"(第二回,第14页)

(8)乾隆抄本:春宇道:"不敢。"又叹口气道:"先君在世,也是府庠朋友。轮到小弟不成材料,把书本儿丢了,流落在生意行的,见不的人,所以人前少走。……"(第三回)

栾校本:春宇道:"不敢。"又叹口气道:"先君在世,也是府庠朋友。轮到小弟不成材料,把书本儿丢了,流落在生意行里,见不的人,所以人前少走。……"(第三回,第26页)

近代汉语中指代处所的"这的""那的",相当于"这里""那里"。这种用法至今仍保留在一些方言中,如河南西峡话仍说"我们那的",即指"我们那里"。栾校本将这种用法的"的"都改为了"里",不当。

(9)乾隆抄本:王氏道:"你去叫他来家中。"孝移到家,王氏说隆吉读书的话。(第三回)

栾校本:王氏遂到前边,欲商曹氏来言。(第三回,第28页)

(10)乾隆抄本:这门斗听说"极好"二字,早已把奎楼匾抬在明伦堂,叫了一个金彩匠,说明工价。(第四回)

栾校本:这门斗听说"极好"二字,早已把奎楼匾抬在明伦堂,叫了一个金彩匠,说明彩画工价,单等周师爷想出字来,便拿帖请苏相公一挥而就。(第四回,第42页)

(11)乾隆抄本:金漆匠自行装彩去。门斗就上谭宅送信讨喜钱,说是要吃喜酒的,拿出扁式,把二老师送匾意思,写匾物事详述一遍。(第四回)

栾校本:金漆匠自行装彩去,老门斗就上谭宅送信。(第四回,第42页)

(12)乾隆抄本:东宿道:"……到底这圣旨保举的事情毕竟怎么办法方好?"(第五回)

栾校本:东宿道:"……到底这圣旨保举的事情,毕竟怎么办法? 要上不负君,下不负知人之明才好。"(第五回,第47页)

(13)乾隆抄本:东宿忍不住笑道:"舌锋便利,自然笔锋健锐。"(第

五回）

栾校本:东宿忍不住笑道:"舌锋便利,自然笔锋健锐。大约保举公呈,是要领教的。"嵩淑道:"不敢!"（第五回,第50页）

（14）乾隆抄本:潜斋道:"……你大爷想不应时也不能。"（第五回）

栾校本:潜斋道:"……你大爷想不应时,生米已成熟饭。"（第五回,第51页）

从上述14例的对照可以看出,栾校本对底本的改动有五种情况:一是增加语句,如例（1）、例（4）、例（10）、例（12）、例（13）;二是删削语句,如例（2）、例（11）;三是改动词语,如例（3）、例（5）、例（6）、例（8）、例（14）;四是改变语句,如例（9）;五是既改动词语又对语句有所删削,如例（7）。其中,例（1）、例（2）可改可不改;例（3）、例（6）、例（8）改变了底本的词语,忽视了语言的时代性,不当;例（4）、例（5）、例（7）、例（9）、例（11）、例（12）,无论是在语言上,还是在表现人物性格上,都不如不改;例（10）、例（13）、例（14）改后比改前描写效果稍好。

据我们统计,栾校本与乾隆抄本前五回的差异计有50多处,而只有13处有校勘说明,上述这些变化都没有说明改动缘由。我们又逐字对照了栾校本与乾隆抄本第一回"念先泽千里伸孝思　虑后裔一掌寓深情"的文字,二者文字差异达87处之多。这些情况都表明,栾校本的实际面貌与以乾隆抄本为第一底本的原则不符。

（二）栾校本与安定筱斋抄本文字比较

根据栾星先生整理时叶县旧抄本甲、乾隆抄本与安定筱斋抄本（下文简称安本）的存佚情况,栾校本第五十八回以后的文字,当主要以安本为底本补足。安本现藏郑州市图书馆,现存71回。我们将栾校本的第六十回与安本的第五十九回"王隆吉探亲筹赌债　夏逢若集匪遭暗羞"进行比较,结果是二者的文字差异有40处之多（由于各抄本的回数不尽一致,我们从第六十回开始比较）。如:

（1）王氏道："你是与谁家各气来？"（栾校本，第554页）

"各"，安本作"合"。近代汉语中"合气"指斗气。《金瓶梅》《醒世姻缘传》、上海图书馆藏清代抄本《歧路灯》等均作"合气"。此处改动不当。

（2）冰梅急忙起身，跑到王氏床前，说道："那是老鼠蹬的碗碟响，奶奶错听了。"（栾校本，第554页）

"碗"，安本作"盒"。

（3）德喜提着鱼，王象荩提了一篮雨后新蘑菇，径上萧墙街来。（栾校本，第555页）

"了"，安本作"着"；"新"，安本作"肥"。

（4）王象荩……跌足道："这一番赌，连旧日息债，这分家业，怕断送完了。"（栾校本，第555页）

"息债"，安作"利息"。"这分"，安本作"这一分"。

（5）却说这一起光棍手中有了钱，便等不得诱赌哄人，早已本窝内斗起家鸡来。（栾校本，第559页）

"光"，安本作"匪"；"家鸡"，安本作"钱"。

（6）貂鼠皮……还打了两个呵欠，伸了一伸懒腰，总不出南屋门儿。（栾校本，第559页）

"伸了一伸懒腰"6字,安本无。

（7）夏逢若倒有三分放下的意思,争乃妻子哭个不住,母亲嚷的不休,又难回后边解劝。（栾校本,第560页）

"倒有三分放下的意思,争乃妻子哭个不住,母亲嚷的不休"23字,安本无;"又难",安本作"只得"。

（8）宅门上说明回话,边公是勤政官员,黎明即起,正在签押房盥漱吃点心,怕词证守候,将王少湖叫进去。（栾校本,第561页）

安本在"怕词证守候"前有"就要坐堂审事"6字,而校本无。

（9）貂鼠皮道:"青天老爷在上,小的不敢欺瞒。……"（栾校本,第561页）

"老爷"2字,安本无。

（10）夏鼎道:"小人原是晚间请他们吃酒,这刁卓醒了,做下非礼的勾当。"（栾校本,第561页）

"醒",安本作"醉"。按:应为"醉"。

上述例子,改动词语者6例,如例（1）、例（2）、例（3）、例（4）、例（5）、例（10）;增加词语或语句者3例,如例（6）、例（7）、例（9）;删削语句者1例,如例（8）。其中,例（1）、例（10）、例（8）的删、改不当;例（4）可改可不改;例（2）、例（3）、例（5）,不改为好;例（9）"老爷"二字也不必加;例（6）、例（7）则稍好一些。

我们又将栾校本的第六十一回与安本的第六十回"谭绍闻仓猝谋葬父胡星居肆诞劝迁茔"比较,差别依然明显。仅以栾校本第一段文字来说明:

话说双庆到夏家,来请商量还赌债(安本无"债"字)一(安本无"一"字)事,不见夏鼎。不多一时,就听得(安本为"说")夏鼎因开赌场,半夜里(安本为"的")刁卓(安本为"貂鼠皮")竟成了"入幕之宾",丑声播(安本为"簸",安本误)扬,在衙门挨了(安本无"了"字)二十五板。回来把这事学与绍闻(安本无此句话)。这绍闻(安本作"谭绍闻")还债,本是怯疼之(安本为"的")人,况乃又(安本无"又")是赌债,况乃索债之人又弄出丑事来(安本无"来"),心中一喜(安本"中"作"里",无"一喜")。只想这宗赌债(安本作"赌博账"),将来或者(安本无"或者")可以糊涂结局,或者丢哩(安本无"丢哩")人家忘了也未可知。因此把王隆吉送来(安本为"替揭")的四百两银子,视为己有,且图手头便宜。(栾校本,第六十一回,第563页)

从上述对比情况可以看出,栾校本与安本之间的差异也很明显。

二、栾校本与《校勘记》所定原则的差异

现存的前十回《校勘记》详细地记录了栾星先生的校勘过程,通过《校勘记》与栾校本的比较,整理时的"删削"和"施针线"情况具体表现在两个方面。

(一)栾校本文字与校勘原则不一致之处

从现存校勘记可以发现,栾校本文字与校勘原则不相一致,如:

(1)《校勘记》第一回:"到了楼下"一段"还有下场事体"从乾抄本,石印本、开本同。

栾校本第6页本段文字,开头却无"到了楼下"四字,而是"午饭后";而乾隆抄本则是"到了楼下也用了午饭"。

(2)《校勘记》第四回:"原来这周东宿名应房"一段:"是铁尚书五世甥孙,与孔耘轩是副车同年"从乾抄本,开本、朴社本同;石印本于

"五世甥孙"之下多出"尚（按：应为"当"）日这铁尚书二女，这周东宿是他长女四世之孙"二十字。

栾校本第 36 页文字与石印本相同，有石印本"当日这铁尚书之女，这周东宿是他长女四世之孙"二十字。且栾校本本段文字与乾隆抄本差异很大，试比较如下：

栾校本：原来这周老师名应房，字东宿，南阳邓州人。是铁尚书五世甥孙。当日这铁尚书二女，这周东宿是他长女四世之孙。与孔耘轩是副车同年。到京坐监，选了祥符教谕。素知孔耕耘轩是个正经学者，况又是同年兄弟，心中不胜渴慕。所以新任之初，即极欲拜见。不期耘轩有事，怅然而归。（第四回，第 36 页）

乾隆抄本：原来这周老爷名应房，字东宿，南阳邓州人。是铁尚书五世甥孙。与孔耘轩是副车同年。到京坐监，选了祥符教谕。初上任早访知孔耘轩是个正经学者，心中不胜欣慕。总是周东宿秉的是忠义节烈的正气，平日学有根柢，一闻正士，渴欲接见，况又是同年兄弟，弥加亲密。

栾校本与乾隆抄本相比，将"周老爷"改为"周老师"；增加了"当日这铁尚书二女，这周东宿是他长女四世之孙"20 字；将"初上任早访知"改为"素知"；将"欣慕"改为"渴慕"；将"渴欲接见"改为"所以新任之初，即极欲拜见"；将"总是周东宿秉的是忠义节烈的正气，平日学有根柢，一闻正士"25 字删削；将"况又是同年兄弟"7 字前移；将"弥加亲密"4 字删削；增加"不期耘轩有事，怅然而归"10 字。

(3)《校勘记》第四回："门斗到了谭宅"一段，段首至段末从乾抄本。

可是栾校本文字却与乾隆抄本有明显的不同：

栾校本:"孝移赏了三百钱。门斗见孝移仍面有难色,恐坚执推辞,迟挨有变,接钱在手,忙说:"忙的很,周爷限这匾今日刻成。我回去罢。"拿回匾式,出门走讫。(第四回,第43页)

乾隆抄本:孝移觉辞却不过,赏了三百钱。门斗接钱在手,说:"忙的狠,这匾上两边的小字还没刻哩。"出门走讫。

以上例子表明,栾校本没有坚持《校勘记》所述的文字处理原则,致使其文字面貌错综复杂。

(二)校勘记中反映的增删情况

从现存校勘记可以发现,栾星先生对其所参底本有明显的增删处理。如:

(1)第七回:学院道:"你的业师是谁?"娄朴难言父名,东宿代禀道:"是娄昭。今科中第十九名,是开祥一个名宿。"(栾校本,第七回,第82页)

《校勘记》:同段,"是开祥一个名宿",从石印本,叶本、陈本、开本、朴社本同。乾抄本作"是开祥一个名儒",安本作"是开封有名的宿儒",均觉誉之过重。(第七回)

(2)第八回:中有道:"……不通文意的人,卜则巍《雪心赋》、刘伯温《披肝露胆经》,他们如何能读成句?二十四山山向水法,谁能分的清楚!"(栾校本,第八回,第89页)

《校勘记》:"果然'新来和尚好撞钟'"一段,"卜则巍《雪心赋》,刘伯温《披肝露胆经》他们如何读成句",乾抄本、陈本、朴社本均无"卜则巍"三字及"经"字,致语意不明(朴社本标点有误),校者据文意酌加。(第八回)

(3)第九回:柏公又道:"……《孝慈录》刊行天下,云'子为父母,庶子为其生母,皆斩衰三年。人情所安,即天理所在。'此煌煌天语也。若拘于嫡庶之

说,则齐王之子,其傅何为之请数月之丧矣?"(栾校本,第九回,第97页)

> 《校勘记》:"柏公引着孝移到东书房"一段,"若拘于嫡庶之说,则
> 齐王之子,其傅何为之请数月之丧矣",乾抄本、陈本及朴社本均脱
> "何"字,校者据文意酌加。(第九回)

上述改动,要么不必,要么不当。例(1)似不必改,"名儒""名宿"均言其有名;例(2)"卜则巍"三字也不必加,《雪心赋》没有实据证明为卜则巍所作,栾星先生注中也说"传为卜应天所著。卜应天字则巍,唐人"。与乾隆抄本同属一个版本系统的上海图书馆藏清代抄本《歧路灯》也没有加"卜则巍"三字。例(3)所加"何"字不当,导致标点不准确。正因为"拘于嫡庶之说",才有"为之请数月之丧"。栾星先生在注释中所说情况正是如此。那么本句应为:"若拘于嫡庶之说,则其傅为其请数月之丧矣。"上海图书馆藏清代抄本也无"何"字。

通过上述两个方面的比较,我们认为栾先生在整理时的确是对底本和参校本进行了"增、删、改、调"工作,以致栾校本与诸底本或参校本之间存在比较明显的差异,这给研究工作带来了不便。

三、从版本异文看栾校本在词语校勘方面的问题

栾校本《歧路灯》自出版以来,成为最为通行的版本,但是由于当时条件所限,在《歧路灯》校勘整理时没有较为理想的底本,给整理工作带来了困难,导致栾校本在一些方面存在着遗憾,对此余辉[①]、王恩建[②]等学者都曾有所讨论。笔者在阅读使用栾校本过程中,也发现栾校本对一些词语的校勘存在问题,如上文谈到的"僮瞀"之误等。在此利用同书及同时代词语用例、《歧路灯》清代抄本以及方言用法等,对部分误校词语加以分析说明。

---

① 余辉:《〈歧路灯〉校注的问题》,《河南图书馆学刊》,1994 年第 3 期,第 60—65 页。

② 王恩建:《〈歧路灯〉栾校补正二则》,《齐齐哈尔大学学报》(哲学社会科学版),2006 年第 5 期,第 103—105 页。

1. 早先

　　及到次日,绍闻具"十五日杯水候"全帖,请这一切债主。无非是王经千之辈。并夹了"恭候早先,恕不再速"的单帖。(栾校本,84/800,前面数字为回数,后面字数为页数。下同)

　　"早先"是"早光"之误,"早光"义即早点儿光临。上图藏本影印本作"早光"(上图藏本影印本,第八十三回,第1698页)。全书中"早光"有多处用例,此外还有"候光""光降"等词用法,如:

　　(1)夏逢若道:"早光!早光!"遂一躬出轩,飘然而去。(栾校本,73/705)
　　(2)即写一个"二十四日理芹候光"帖儿,下列愚弟王、谭两个人名字,送到盛宅。(栾校本,18/186)
　　(3)绍闻道:"闲着无事,因去走走。不料老兄光降。"(栾校本,21/207)

2. 惭愧,惭悔

　　绍闻上前婉声说道:"怕遮住后边小女娃们看戏。老伯齿德俱尊,何妨端临。"张类村道:"惭愧,惭悔。"于是坐了首座。(栾校本,79/764)

　　"惭愧,惭悔"应为"惭愧,惭愧",表示深以为愧。上图藏本影印本中作"惭愧,惭愧"(上图藏本影印本,第七十八回,第1626页),近代文献中两个相同的形容词连用以加强语气的现象很多,如:

　　(1)东坡居士酒醉饭饱,倚于几上,白云左绕,清江右洄,重门洞开,林峦岔入。当是时,若有思而无所思,以受万物之备,惭愧!惭愧!

（苏轼《书临皋亭》，孔凡礼点校《苏轼文集》，中华书局，1986 年版，第 2278 页）

（2）张小乙便向着海瑞作贺道："海相公是必高中了。衣锦而归，可喜可贺。"海瑞听了，默然良久，叹道："名落孙山，惭愧，惭愧。"（清无名氏撰《海公大红袍传》，第三回，山西人民出版社，2000 年版，第 15 页）

3. 腐迂

那盛希侨目不转睛，眼中赏心中还想着席上喝彩，好令管家放赏。争乃一起腐迂老头儿，全不知凑趣，早已心中不甚满意。（栾校本，79/766）

"腐迂"应为"迂腐"。安定筱斋抄本第七十六回作"迂腐"，上图藏本影印本作"迂腐"。（上图藏本影印本，第七十八回，第 1630 页）栾校本全书在第三回、三十八回、七十一回、九十回、九十五回等五回也作"迂腐"，上图藏本影印本在上述各处都作"迂腐"。

4. 音向

这谭宅因诸事忙迫，稀于音向，只如见怪不怪，其怪自败光景；巫氏也就有归宁已久，重返夫家之情。（栾校本，87/825）

此处的"音向"应为"音问"，义即音讯或书信。上图藏本影印本作"音问"。（上图藏本影印本，第八十六回，第 1751 页）

栾校本还有其他用例：

（1）殊不知本道族清戚贵，或仕宦远方而久疏音问，或课诵家塾而不出户庭，从无此蓬转宇内，萍栖署中之恶习也。（栾校本，88/830）

（2）总之，咱家南边祖训，贤弟亦当知之，从而遵行之：从来男女虽至戚不得过通音问。（栾校本，95/892）

又如,清人著作中有"音问"一词的用法:如:"合肥谓多言之报,……家渭易不晤逾月,音问亦阔,弥增离索之感。"[1]

5. 售买

争乃棒疮平复,谲狡难悛,私交刻字匠,刻成叶子纸牌版,刷印裱裁售买,以图作奸犯科之厚利。(栾校本,100/937)

"买"应为"卖","售卖"为同义复合词。上图藏本影印本作"售卖"。(上图藏本影印本,第九十八回,第 1986 页)

栾校本一书中还有同样的用例:

又在本省禹州横山庙买的伏牛山山查、花粉、苍术、桔梗、连翘等粗货,并带的封丘监狱中黄蓍,汤阴扁鹊庙边九岐艾,汝州鱼山旁香附子售卖。(栾校本,108/1010)

6. 材料

(1)滑氏道:"你看你这小舅没材料,就该叫外甥儿按住打你一顿才好。"(栾校本,40/370)

(2)王纬千向王经千道:"这是你相与的好主户,叫你拿着财东家行李胡撒哩!像你这样没材料,还在大地方装客商哩,只可回咱家拾粪罢。"(栾校本,66/634)

这两例中"材料"应为"才料"。例(1)的"没材料"上图藏本影印本作"没才料"(上图藏本影印本,第三十九回,第 765 页);例(2)的"没材料"上图藏本影印本作"没材"(上图藏本影印本,第六十五回,第 1341 页),应属错误,应为"没才",义指王经千没才能。《绿园家训》第五四条云:"凡办事者,曰才曰智。

---

①　虞和平主编:《近代史所藏清代名人稿本抄本》第一辑,第 42 册,第 245—246 页。

智者,识见之谓也;才者,本领之谓也。"

同书中"才料"一词用例很多,如:

(1)盛希侨哈哈大笑道:"老满,我服了你真正说话到家。你遭遭都象这个有才料,就是好白鳌,我还肯吣喝你么?"(栾校本,77/747)

(2)盛希侨道:"……你两个唱了一出,爽利就硬不出来,陈老爷也自觉的没才料哩。……"(栾校本,77/748)

(3)王春宇顾不的说别的话,先取了荷包、手巾、香袋、带子,笑道:"我不晓的你肯念书,没有与孩子带些笔墨,算舅爷老无才料。再次与你捎好笔好墨。"(栾校本,74/717)

上述用法中,"才料"都是指能力、才能、本事。《汉语大词典》:"才料,犹才能。明·李贽《与友朋书》:'二公皆盛有见识,有才料,有胆气,智勇仁三事皆备。'"①许少峰《近代汉语大词典》也引上例释"才料"为"能力、本事。"②这种用法在《金瓶梅》中已有运用,如:

这金莲千不合万不合,把小铁棍拾鞋之事告诉一遍,说道:"都是你这没才料的货平白干的勾当!教贼万杀的小奴才把我的鞋拾了,拿到外头,谁是没睄见。……"(王汝梅校注皋鹤堂批评第一奇书《金瓶梅》,吉林大学出版社,第442页)

今河南方言中当说到"有能力、有本事"或"无能力、无本事"时,仍用"有才料""没才料"这种说法。

7. 才料:

绍闻接道:"……像兴官儿这个孩子,也是个进士才料,若是他孔

---

① 罗竹风:《汉语大词典》(第一卷),汉语大词典出版社,1994年,第302页。

② 许少峰:《近代汉语大词典》,中华书局,2008年,第164页。

家娘活着,或有一点指望;若是姓巫的做娘,那进士再也没想头。"(栾校本,86/817)

"才料"应作"材料",《汉语大词典》对"材料"释义有四个义项,其中,一是指"可以直接造成成品的东西",二是"比喻适于做某种事情的人才。"[①]上图藏本影印本作"材料"(上图藏本影印本,第八十五回,第1734页)。

书中"材料"的其他用例:

（春宇）又叹口气道:"先君在世,也是府庠朋友。轮到小弟不成材料,把书本儿丢了,流落在生意行里,见不的人,所以人前少走。"(栾校本,3/26)

"材料"在乾隆抄本中作"材料";上图藏本影印本也作"材料"(上图藏本影印本,第三回,第53页)。清代小说《绿野仙踪》中"材料"的用法,正与本例意义相同:

（1）于冰在楼下、楼上遍看,看毕,说道:"可惜这样一座大寺院,教性慧这样不勘材料做主持,不能从新修建,致令佛像损坏,殿宇倾颓。"（李百川著,侯忠义整理《绿野仙踪》,第十一回,北京大学出版社,1986年,第76页）

（2）文魁大笑道:"我原知道不如此,不足以成其憨;象你这两个一对材料,真是八两半斤。"（李百川著,侯忠义整理《绿野仙踪》,第十九回,北京大学出版社,1986年,第136页）

今河南方言中仍有"材料"或者只用一个单音词"料"的说法。如:"他不是那个材料""他不是那块料"等。

---

① 罗竹风:《汉语大词典》（第四卷）,汉语大词典出版社,1994年,第757页。

8.床第

今日于归谭宅,一向因丈夫做事不遵正道,心里暗自生气,又说不出来。床第之间,时常婉言相劝,不见听信。(栾校本,32/295)

"床第"在上图藏本影印本中也如此(上图藏本影印本,第三十一回,第613页)。"床第"应为"床笫","第"乃"笫"字之讹,形近致误。

9.得窍

谭绍闻极口道:"有!有!有!我有一个盟友夏逢若,这个人办这事很得窍。"王氏道:"你又粘惹他做什么?王中断不肯依。"(栾校本,51/477)

这里的"得窍",当为改动的情况。经查上图藏本和国图藏本,均作"去得",安定筱斋抄本作"在得行":

(1)绍闻急道:"有!有!有!我有一个朋友夏逢若,这个人办这事狠去得。"王氏道:"你又惹他做甚么?王中断不肯依。"(国图藏本影印本,第五十回)

(2)谭绍闻急道:"有!有!有!我有一个盟友夏逢若,这个人办这事狠去得。"王氏道:"你又惹他做甚么?王中断不肯依。"(上图藏本影印本,第五十回,第1001页)

(3)谭绍闻急口道:"有!有!有!我有一个盟友夏逢若,这个人办这事狠在得行。"王氏道:"你又沾惹他做甚么?王中断不肯依。"(安定筱斋抄本,第五十回)

"去得",又作"去的":

(1)胡其所自觉失口,急说道:"我明日在你大爷地里,送你一块平

安地,你启迁启迁。"因向谭绍闻道:"你这个盛价,是个狠去的人,你要重用他。"谭绍闻点点头儿。(国图藏本,第六十回)

(2)胡其所自觉失口,急说道:"我明日在你大爷地里,送你一块平安地,你启迁启迁。"因向谭绍闻道:"你这个盛价,狠去的人,你要重用他。"谭绍闻点点头儿。(上图藏本影印本,第六十回,第1200页)

"去的",安定筬斋抄本作"好的":

胡其所自觉失口,急说道:"我明天在你大爷地里,送你一块平安地,你启迁启迁。"因向谭绍闻道:"你这个盛价,是个狠好的人,你要重用他。"谭绍闻点点头儿。(安定筬斋抄本,第六十回)

而栾校本第六十一回将"去得"作"使得":

胡其所自觉失口,急忙说道:"我明天在你大爷哩地里,送你一块平安地,你启迁启迁。"因向绍闻道:"你这个盛价,论相法,是个很使得的人,你要重用他。"谭绍闻点点头儿。(栾校本,61/568)

据《近代汉语词典》,"去得(的)"有"好,不差"之义,是清代一个常用词,在《红楼梦》等书中都有运用,如:《红楼梦》八一回:"我看他相貌也还体面,灵性也还去得。"清代的《幻中游》一七回:"王进士见人甚利便,向媒婆道:'这人却也去的。'"①

栾校本对上述"去得/去的"校勘处理,应属不明词义而改动原文。

10.二斤把

魏二屠把篮子东西摆开,乃是烧鸡,咸鸭,熏鸽,火腿之类,还有二斤把鲤鱼二尾,五斤鲜肥羊肉。(栾校本,33/305)

---

① 白维国:《近代汉语词典》,第1788页。

"二斤把"在上图藏本影印本中也是如此(上图藏本影印本,第三十二回,第632页)。这里的"二斤把"中的"二"应为衍字。量词"把"表示约数,前面不能有表确数的数词。

栾校本全书用"把"的词语有"顷把薄地"(2/17);"千把两"(24/231);"千把卖价"(48/445);"百把银子"(57/529)等,上图藏本影印本中也没有在这些词语中加上具体数字的用法。在同时代小说《儒林外史》中也有"斤把"一词的用例,如:

> 又一日,毛二胡子向陈正公道:"我昨日会见一个朋友,是个卖人
> 参的客人。他说:国公府里徐九老爷有个表兄陈四老爷,拿了他斤把人
> 参……"(吴敬梓著,《儒林外史》,第五十二回,人民文学出版社,1958
> 年第1版,第497页)

"斤把"一词至今在河南方言中仍有。如,在菜市场二人对话:问:"要多少?"答:"要斤把。"

栾校本之所以会出现这种情况,主要原因是当时没有较好的底本可以利用。经过调查,目前国家图书馆、上海图书馆、北京大学图书馆、清华大学图书馆分别藏有不同的《歧路灯》清代抄本全本,其中国家图书馆藏抄本20卷,105回,保存完整;上海图书馆藏抄本18卷107回,略有残损。这些抄本为我们重新整理《歧路灯》提供了较好条件。杜贵晨先生曾指出:"随着《歧路灯》资料尤其绿野堂抄本、张廷绶题识本、吕寸田评本等栾校本未曾使用过的版本先后发现,也不断增加了进一步校勘整理出新版本的必要与可能。"[①]

《歧路灯》具有很高的文献价值和认识价值。栾校本出版以来,文学、语言学、教育学、历史学、法学乃至经济学等方面的学者对《歧路灯》进行了深入的研究。重新整理出版保持原貌的《歧路灯》新文本,不但有利于《歧路灯》的传播,也将促进对其进行客观、公正的研究。

---

① 杜贵晨:《李绿园与〈歧路灯〉》,中州古籍出版社,2019年,第544页。

第七章
《歧路灯》抄本词语考释原则与方法

近代汉语词汇研究的重要意义诚如白维国、江蓝生二先生所说:"从词汇史的角度说,唐宋以来的白话词汇反映的是彼时真实的词汇面貌,是现代汉语词汇的源头,没有对近代汉语词汇的系统研究,就不可能科学地、连贯地勾勒出汉语词汇发展演变的历史面貌,也就难以从中寻绎汉语词汇发展演变的规律。"①李绿园的长篇白话小说《歧路灯》是近代汉语的重要文献。众多的民间《歧路灯》抄本,存在大量的异文词语,是研究河南方言词语和近现代汉语词汇的宝贵材料。张生汉先生认为:"对《歧路灯》方言词语的诠释,不仅有利于人们真正读懂这部作品的内容,体味作者运用带有河南地方特色的语言刻画人物的精妙之处,还能够帮助人们从一个侧面认识18世纪河南方言的大致面貌,进而增进对河南方言词汇发展历史的了解;同时,也为近代汉语词汇研究提供一种可资参考的材料。"②为此,张生汉先生多年来致力于《歧路灯》词语的研究与考释工作,特别是在词语训释方面,积累了很多值得借鉴的经验,给我们很多启发,对全面开展《歧路灯》抄本词汇研究有重要借鉴价值。这里结合张生汉先生的有关论述和自己从事《歧路灯》语言研究的实践,谈谈《歧路灯》抄本词语考释的原则和方法。

一、准确判断《歧路灯》方言性质

蒋绍愚先生曾经指出:"近代汉语的作品,绝大多数是用通行全国各地的

---

① 白维国:《近代汉语词典》"序言",第1页。
② 张生汉:《〈歧路灯〉词语汇释》(增订本),第7页。

共同语写成的,纯粹的方言作品不多。但由于作者受自己方言的影响,在一些用共同语写的作品中也有多少不等的方言成分,呈现一定的方言色彩。在这些作品中究竟哪些是方言成分?属于当时哪一种方言?这也是近代汉语研究中一个重要问题。"①对《歧路灯》的词语考释必须考虑其方言性质。张生汉先生对《歧路灯》的方言性质作了很深入的分析。他认为:"《歧路灯》的作者是土生土长的河南人,对河南方言极为熟悉。写作中为了追求生动活泼、形象逼真的效果,他使用了大量的地地道道的方言俗语,因而一打开这部长篇小说,立即让人感到一股浓郁的乡土气息扑面而来。这样一部洋洋七十万字的著作,大体上可以反映出十八世纪中原官话的真实面貌,因而使它成了研究当时中原官话的弥足珍贵的资料。"②我们在谈到历代文献语料价值的认定与使用问题时曾谈到,要注意"作者的个人风格问",并指出:"在词的使用上更容易形成个人或专书特点。"③因此,对《歧路灯》的语言研究,必须确定其语言性质。

李绿园祖籍河南新安,其祖父时迁至河南宝丰,无论是祖、父,还是李绿园本人,都经常回新安老家祭祖探亲,与新安老家人有着密切的交往与联系,《歧路灯》也是在新安马行沟教书期间完稿的。这就涉及李绿园的口语基础和《歧路灯》的语言性质问题——《歧路灯》的方言是新安话还是宝丰话,这是进行《歧路灯》词汇研究和训释,必须首先回答的问题。张生汉先生在进行大量的历史文献调查与方言口语实证基础上,提出了自己的新观点。他认为:"李绿园祖籍新安县北冶镇马行沟,康熙三十年(1691 年),祖父李玉琳携家人逃荒来到宝丰县宋家寨(今平顶山市湛河区曹镇乡宋家寨)安了家。李绿园于康熙四十六年(1707 年)出生在这里,并在这里长大成人。他幼小时期语言的成长,很可能既受宝丰县宋家寨一带方言的影响,又受家里祖父辈所说的新安话的影响。宝丰宋家寨距离新安马行沟不过 180 多公里,尽管现代学者将平顶山话归入中原官话郑曹片区,将洛阳话列为洛嵩片区,但实际上方言差异不是

---

① 蒋绍愚:《近代汉语研究概要》,北京大学出版社,2005 年,第 324 页。
② 张生汉:《〈歧路灯〉词语汇释》,第 2 页。
③ 徐正考,王冰:《两汉词汇语法史研究语料述论》,《南开语言学刊》,2007 年第 1 期,第 96 页。

很大。笔者认为,作者创作中使用的语言,具有洛阳新安和平顶山宝丰一带的方言成分。在反复阅读清人编纂的府志、县志所附的'方言'后,更觉得这种判断是能够成立的。"①

张生汉先生把洛阳新安与平顶山宝丰一带视为一个共同的方言区域,我们认为这种判断是符合实际的。平顶山地区自先秦特别是自唐宋以来一直受到以洛阳为核心的河洛文化的辐射和影响,其民俗、文化及方言与洛阳方言非常接近。平顶山学院的学者曾提出伏牛山文化圈的概念,认为:"从地域空间上讲,伏牛山文化圈涵盖伏牛山及其源出河流的流域地区,其中心区域是伏牛山主体所在的豫西山地"②,"狭义伏牛山范围包括平顶山、南阳、洛阳、郑州、许昌、漯河、驻马店等所辖区域的 30 多个山区县(市)。"③伏牛山地区历史文化博大精深,源远流长。自人类肇始以来,所创造的灿烂文化,形成了一个完整的文化谱系,具有独特的文化形态……服饰妆扮、饮食习惯、方言俚语、节令庆典、婚丧礼俗、信仰观念等各种民风民俗多数沿袭至今。④ 新安距洛阳不足50 公里,宝丰距平顶山市 30 公里左右,宝丰距新安不过 180 公里,新安方言与宝丰方言基本一致,都是河洛方言的继承和发展。基于这样的判断,在考释中就可以扩大视野,广泛利用各种相关材料。

二、注意抉发和运用新材料

在考释《歧路灯》词语时,除了参考有关字书、韵书及大量古代特别是魏晋唐宋明清小说、笔记之外,还应拓宽视野,广泛地运用以前未曾注意的新材料,以更加凸显《歧路灯》语言的地方特色。根据张生汉先生的经验,要特别注意以下 4 类具有鲜明地方特色的材料。

---

① 张生汉:《〈歧路灯〉词语汇释》(增订本),第 3 页。
② 陈建裕:《伏牛山文化根源性概说》,《平顶山学院学报》,2013 年第 6 期,第 97页。
③ 张清廉,于长立:《伏牛山文化圈刍议》,《平顶山学院学报》,2010 年第 1 期,第 2页。
④ 张清廉,于长立:《伏牛山文化圈刍议》,《平顶山学院学报》,2010 年第 1 期,第 6页。

（一）与《歧路灯》为同期材料的河南旧志及民国时期方志方言材料

张生汉先生在这方面作出了示范，他说过："河南地方志尤其是清代地方志中的方言材料，是一种十分宝贵的、可以与《歧路灯》相互参照的同期语料。……这一类材料对理解《歧路灯》的语言，研究它独有的地方特色，进而考察18世纪北方官话词汇的内部差异，实在是太重要了。"①为此，在他新著的《〈歧路灯〉词语汇释》（下称《汇释》）中充分运用了旧方志的书证材料，在书后列出的主要旧志中就有18部。如"丢谎"一词为原版所收录之词，但在新版中补充的第一条书证就是清乾隆三十一年刻本《新安县志·风土志·方言》中的记载："言无信曰丢谎，又曰说白话。"②

在训释"家里"一词时，也是通过运用旧志方言材料而做出了精准而简洁的训释。新版《汇释》举出了《歧路灯》第五十七回中的两个"家里"的用例：(1)细皮鲢道："你当我不想膺你么？只吃亏没修下你这个福，一般赌钱、吃嘴，不胜你手头宽绰。你还去，你就说你家里哭哩。"(2)谭绍闻道："你先行一步，一路走着不好看。"乌龟回头道："你老人家就来。若是哄我，俺家里就亲来了。"之后解释道："家里，内人，妻子。清同治六年刻本《(乾隆)河南府志·礼俗志·方言》：'妻谓之家里。……亦称屋里。'"③再如对"候"的解释。《歧路灯》第七十二回中有这样的用例：谢豹道："这二位是县爷堂上捕快，往元城关口供。前月同过渡。"卢重环道："咱们走罢。"背了包袱，径自前行。谢豹说候二人饭钱话，二人不肯。《汇释》释义为："候，为别人付饭钱。清光绪七年刻本《宜阳县志·风俗志·方言》：'众人聚饮食一人出钱谓候。'"④在这些词的训释中，都恰当地运用了清代方志材料，不但简洁且精准，而且体现了《歧路灯》词汇的地方特色。

还要充分运用民国时期修的地方志，因为"其中的方言材料也很可贵，也能助我们认识、理解《歧路灯》中的方言俗语。"⑤如"过载行"一词在《歧路灯》

---

① 张生汉：《〈歧路灯〉词语汇释》（增订本），第2页。
② 张生汉：《〈歧路灯〉词语汇释》（增订本），第84页。
③ 张生汉：《〈歧路灯〉词语汇释》（增订本），第164页。
④ 张生汉：《〈歧路灯〉词语汇释》（增订本），第145页。
⑤ 张生汉：《〈歧路灯〉词语汇释》（增订本），第4页。

第五十回有这样一个用例:原来巴庚,是个开酒馆的。借卖酒为名,专一窝娼,图这宗肥房租;开赌,图这宗肥头钱。钱可仰开了一个过客店,安寓仕商;又是过载行,包写各省车辆。《汇释》释义为:"过载行,专门经营运输业的商行,负责把商客的货物运发到各地以赢利。……民国二十二年(1933 年)刊本《孟县志·社会志·商业》:'按孟境商业,清光宣间尚有票号三家,当典三家,总盐店一家,钱店三家,高脚柜(原注:即过载行,代客雇脚转运者)三家。'"①可见,"过载行"在民国时期也称作"高脚柜",演变之迹非常明显。

(二)利用好改革开放以来新修的史志材料

大量的新时期所修地方志,如《孟津县志》《洛宁县志》《唐河县志》《西峡县志》《许昌县志》《民权县志》《夏邑县志》等一大批新时期所修方志,各地的民俗志《义马民俗志》《方城民俗志》《卢氏民俗志》《灵宝民俗志》等,甚至连新修的乡镇志、村志都可以作为考释《歧路灯》词语的材料。如张生汉先生在《〈歧路灯〉词语汇释》中解释"搐(二)"的"束,扎,系"义时,就引用了河南省巩义市孝义镇白沙村志编纂委员会编的《白沙志·村民生活·衣》对"搐"的用例:"腰间束蓝色长而宽的粗布腰巾,以供攥劲,求暖和(俗语:腰里搐根绳,强似穿三层),塞旱烟袋。"②此外,像登封市的乡镇志如《大冶镇志》,郏县的《郏县戏曲志》以及《黄河志》等专业性的史志材料,都被作为颇具有说服力的书证加以使用。

(三)政府部门、政协机关编辑的各种年鉴与文史资料

张生汉先生说:"……有地方特色的文史文献,其中不少为辑录、诠释方言词语的专辑。……以前,这部分材料常常被忽视,实在是太可惜了。"③《歧路灯》第六十九回有这样的例子:满相公酒已微醉,便侃侃说起来道:"不是因为我不得入伙,便说扫兴话。总之,揭账做生意,这先就万万不可。将来弄的山岗看放荒,再不能扑灭了火哩。""揭账"一词中"揭"之"举债"义,《濮阳文史资料》第 12 辑《豫北鲁西一带解放前地主的剥削形式》一文中即有这样的例子:

---

① 张生汉:《〈歧路灯〉词语汇释》(增订本),第 130 页。
② 张生汉:《〈歧路灯〉词语汇释》(增订本),第 49 页。
③ 张生汉:《〈歧路灯〉词语汇释》(增订本),第 6 页。

"贫苦农民一旦遇到天灾人祸,只有高利贷,当时也叫'揭钱'或叫'揭账'。"①《汇释》利用这则材料,不但有助于对"揭账"做出非常精当的解释,而且也揭示了其演变的轨迹。

(四)河南本地为主的现当代作家的作品

张生汉先生说过:"现当代河南土著作家创作的作品,不管是小说、戏曲、曲艺,还是电影剧本,里边都融入不少方言俗语,来凸显河南地方色彩。这些方言俗语词对解读《歧路灯》也有很大的帮助。"②为了考释《歧路灯》的词语,我们认为,河南本地特别是伏牛山文化圈现当代作家的文学作品,如"五四"时期的著名诗人、作家徐玉诺,现当代作家姚雪垠、魏巍、李凖、乔典运、二月河、郭进拴等人的作品都可以加以征引。如张生汉先生在解释第八十回"若有车时,不拘横顺放在车上,就捞的去"中的"横顺"一词时,除了运用民国七年(1918 年)刻本《商水县志·丽藻志》用例外,还使用了徐玉诺《农夫贾林的死》一文中的例子:"他近来是有点疯症的,他天天东跑西跑,不知道寒温饥饱,不知颠倒横顺,嘴里也不知道说些什么。"③在训释第五十六回中出现的"皮罩篱"一词——"这老脚货是皮罩篱,连半寸长的虾米,也是不放过的"——时,就运用了汝州籍当代作家郭进拴《闪光的足迹·山里人的儿子》中的例子:"有人说山高村的干部们是'皮笊篱',汤水不漏。从我的采访中可以证明:此话一点不假。"④

徐玉诺、郭进拴均为河南平顶山人。徐玉诺为平顶山鲁山人,曾经多次调研搜集过《歧路灯》抄本,也曾到李绿园后人家中调查材料,为推动《歧路灯》的传播和研究做出了积极贡献。郭进拴为平顶山当代作家,"原名郭进栓,笔名智泉、郭笑。河南汝州人。中国作家协会会员。……曾任《乡音》主编,《豫西报》副刊编辑,《风穴文艺》《沧桑》主编。"⑤使用这些作家的材料,不但更能体现地方文化特色,而且训释词义也更精准贴切。

---

① 张生汉:《〈歧路灯〉词语汇释》(增订本),第 172 页。
② 张生汉:《〈歧路灯〉词语汇释》(增订本),第 6 页。
③ 张生汉:《〈歧路灯〉词语汇释》(增订本),第 143 页。
④ 张生汉:《〈歧路灯〉词语汇释》(增订本),第 250 页。
⑤ 潘民中:《万卷楼潩汝文献录》,中州古籍出版社,2015 年,第 288 页。

此外,河南省有关集体或个人编辑的《河南民间文学集成》《河南婚姻歌谣的一斑》《河南方言民间笑话》《南阳曲艺作品全集》《河南传统曲目汇编三弦书》《河南传统儿歌·婚嫁类儿歌》等,以及豫剧《战斗到拂晓》《唐知县审诰命》,甚至还有部分河南学者的日记与学术论文,如《徐旭生陕西考古日记》、韩顺发《关帝神工:开封山陕甘会馆·歧路灯与山陕会馆》等,都可以成为训释《歧路灯》地方特色词语的重要参考材料。

在《歧路灯》词语考释过程中,对语料的征引,除了上述几类材料外,还可适当关注新安和宝丰两地清代人的著作。新安吕公溥等人与李绿园交往密切,曾评点、传播过《歧路灯》抄本及绿园诗歌,大都有文献存世。清代宝丰李宏志也为一代宿儒,著有《桥水文集》。李绿园的后人如李于潢著有《方雅堂诗集》《汴宋竹枝词》,李于潢亲家张丙煐著有《观两斋诗钞》《晚翠轩笔记》,晚清宝丰人杨淮辑有《中州诗钞》等。上述著述中有不少俗语词,都可以作为考释《歧路灯》词语的材料。李绿园族人李珍在民国时期撰写的 80 回《鸿魔传》,"全用他家乡的地地道道的豫西方言来描绘"①,也可以用来作为考释《歧路灯》的较好材料。李珍作为李绿园的族人,曾抄写过《绿园家训》。年轻时曾熟读《歧路灯》,深受《歧路灯》的影响,不但在《鸿魔传》序中说:"余族祖印江公作《歧路灯》一书,自言谓空中悬阁,毫不靠一傍。"②而且书中第三十七回还有对《歧路灯》的评论:"水浒唐宋书有因,西游海经劈空云。歧路灯书虽无挂,鄙撰斯章何是根。虽言文赖隐菴词,端底十中勿一分。"③

《歧路灯》中的一些词语,在《鸿魔传》中也有较多的运用。如:(1)"唬",《歧路灯》诸抄本中多写作"諕",《鸿魔传》中多写作"唬"。"咳呀,我哩妈呀,唬死我也。"(《鸿魔传》第二回,第 23 页)(2)"那的",在《歧路灯》诸抄本中多有运用,而在栾校本中多改为"那里"。《鸿魔传》中运用得很多,如:"却说那的蛙妖、虾怪呢?"(《鸿魔传》第三回,第 31 页)(3)"钻头觅缝",也是《歧路灯》中的一个常用词,《鸿魔传》同样也有运用:"遂命小妖钻头

---

① 张弦生:《一块尚未剖琢的璞玉浑金——评手稿本神魔小说〈鸿魔传〉》,《明清小说研究》,2000 年第 1 期,第 234 页。

② 李珍:《鸿魔传》(影印抄本),第 3 页。

③ 李珍:《鸿魔传》(影印抄本),第 477 页。

觅缝,窃盗奇果。"(《鸿魔传》第三回,第41页)(4)恁:约有二来亩恁大。(《鸿魔传》第五回,第79页)(5)争:我曾(争)一点被关云长把我的耳朵削掉了。(《鸿魔传》第六回,第92页)。这些词语都可以用来作为考释《歧路灯》词语意义,分析其在现代河南方言中使用情况的极好材料。

三、重视词语意义的溯源

在词语注释时,要注重对词义的溯源。在这方面,张生汉先生做得非常好。如《歧路灯》中的"长"有"赚取,获得(利润)"的用法,如第十回"共长了一万三千五百二十七两九钱四分八厘",第八十二回"这兄弟子侄们说是某姐姐几姑娘的,替他出放长利钱",第八十七回"这是我首饰铺子里算账,把长的一百两银子加成本钱,剩下三十多两银子,都治成礼"。这几例的"长",作者释义为"赚取,获得(利润)。"张生汉先生的两版《〈歧路灯〉词语汇释》在释义基础上,又作了一番详细的考证溯源。书中说道:

> 这种意义,当是从"长"的多余义引申而来的。南朝宋刘义庆《世说新语·德行》:"丈人不悉恭,恭作人无长物。""长物"即多余的东西。表示多、多余的"长"应读 zhàng。明周梦旸《常谈考误·长音仗》:"长字三音:平声在阳韵,上声上养韵;平上二声人多知之,去声鲜有不误者。《韵会·漾韵》注:'长音仗。度长短曰长,一曰余也。'《广韵》:'多也,冗也,剩也。'"不过,现在豫东一带方言中把表示赚、获(利)这种意义的"长"读 cháng,如说:"生意不好做,吆喝一天也长不了几个钱。"河北不少地方也把赚钱说成"cháng 钱",只不过字常写作"偿"。①

又如在对第八回"烧了发脚纸钱"和第十回"未必不由此发脚"两个例子中的"发脚"释为二义,一为"出发,起程",一为"起步,开始进行。"在新版《汇释》中则将二义合并为"出发,起步,起程"。通过增补例子,对其源流说得更

---

① 张生汉:《〈歧路灯〉词语汇释》(增订本),第35页。

加明确具体：

> 【发脚】出发，起步，起程。宋吴泳《答严子韶书》："若只从正心诚意
> 处做起而不向致知格物上发脚，譬犹人之行路不识路头而便欲从半路
> 里截去，其得免夫颠冥幸矣！"《醒世姻缘传》第一回："讨出一本历
> 日，拣了十一月十五日宜畋猎的日子……卯时俱到教场中取齐发脚。"
> 这种意义，原先多用"发足"表示。三国魏刘劭《人物志·七缪》："骥士
> 发足，众士乃误；韩信立功，淮阴乃震。"宋释普济编《五灯会元》卷八：
> "问僧：'发足甚处？'曰：'闽中。'"后来用"脚"取代了"足"，遂有"发
> 脚"一语。①

　　画线部分，是新版增加的内容，可以看出张生汉先生在考释溯源方面的功
力。此外，张生汉先生在"长""炳""忽""扶拔""膺""作合"等词的训释中，都
对其用法进行深入细致的考证和溯源，为对考察中古到近代的汉语词汇史演
变提供了非常有价值的资料。

　　如果我们深入溯源，还可以对一些词的释义作出更真切的了解。如《歧路
灯》中有一方言词"抬"，张生汉先生释作"存藏，收藏"义，并引用元朝马致远
《江州司马青衫泪》第三折书证。如果继续上溯，可以发现，西汉扬雄《方言》
中已经有这种用法，如《南阳地区志》："《方言》第六：'既失也，宋鲁之间曰
台。'南阳方言称藏起来为台起来，藏起不见，即失去之意。"②在"扶拔"一词中
时，"拔"的拯救义用法，张生汉先生引用了《史记·孟尝君列传》《三国演义》
卷三和宋濂的文章用例进行了解释，非常准确。我们也可以继续挖掘更多的
东汉至唐宋时期河洛地区的文献书证材料，以便观察这一地区的方言演变情
况。在北朝文献中"拔"的"拯救"义也有使用，"拔"与"济"构成同义复词，如：
佛言："非但今日，于往昔时亦曾济拔。"（《杂宝藏经》4—478b）。"济拔"与
"拔济""拯济""救济""济救""振赡""赡赈""赈赡""赡救""赒恤""赡恤"

---

　　① 张生汉：《〈歧路灯〉词语汇释》（增订本），第92页。
　　② 南阳地区地方史志编纂委员会：《南阳地区志》（下册），河南人民出版社，1994
年，第7页。

"赈恤"等词构成一组表示"救济"义的同义词。①

又如《歧路灯》中有"刚帮硬证"一词,张生汉先生引清郭琇《华野疏稿·请禁八弊疏》中的例子作了解释。经过调查,我们认为,清人笔记中的例子可以更好地说明这个词的来源。如清人张开第在其笔记《梦余谈剩》中写道:"仁和钱塘两县俱附省会地界,各分两署,实比邻而居。胥役之外,另有大弊三,乃两县所同者。一曰绅士。……而廉隅不立,衣冠败类实指不胜屈。图财写状为捏名之代书,插身事中作扛帮之硬证。至于条陈公举,皆胥役之指使,奸民之买嘱。"②"扛帮"和"硬证",初为两个词,"扛帮"指"搭帮;结伙。"③"硬证"指"强行做伪证的人。"④"扛帮硬证"从句法结构上看应是两个双音词构成的一个偏正短语,指一些人做了某团伙硬拉来作证的人,由于经常在一起使用,逐渐就凝结成了一个固定说法。

四、将词语考释与民俗文化有机结合

著名作家姚雪垠评价《歧路灯》时说道:"它是文学作品,又是活生生的形象的社会风俗历史。"⑤笔者在向张生汉先生求教时,他曾对笔者说,研究方言词语离不开文化与民俗,清代民俗材料对《歧路灯》方言词语的考察非常重要,一些方言词语的考释如果离开了民俗与文化的考察,按照解释一般词语的做法去处理,那将是说不清楚的。张先生的观点很有见地。笔者在考释《歧路灯》中的"合子利钱""合子拐弯儿利钱""窠子"等词语时,已深有体会。⑥但是,真正做好与民俗文化词语的释义是一项较为繁难的工作。白维国、江蓝生二位先生在《近代汉语词典》序言中曾指出:"释义的另一个难点是一些跟民俗文化相关的词语。由于时代久远,有些民俗文化现象已经消亡,有的虽然流

---

① 王冰:《北朝汉语复音词研究》,吉林大学博士学位论文,2008 年,第 122 页。

② (清)张开第:《梦余谈剩》,国家图书馆藏(稿本)。

③ 白维国:《近代汉语词典》,第 585 页。

④ 白维国:《近代汉语词典》,第 2512 页。

⑤ (清)李绿园撰,栾星校注:《歧路灯》姚雪垠序,第 4 页。

⑥ 王冰:《〈歧路灯〉方言词语释证》,《平顶山学院学报》,2019 年第 3 期,第 42—46 页。

传至今,其间也发生了很多变化,因此这方面的词语解释起来有相当的难度。"①张先生能够非常娴熟地运用这种方法,如他在新版《〈歧路灯〉词语汇释》中就充分运用了方言与民俗互证的训释方法,对一些方言词进行释义与溯源,犹如讲故事一般,娓娓道来,生动有趣。如他对"朝南顶"的解释,就是一个非常精当的例子:

【朝南顶】简称"朝顶"。南顶,指武当山南顶。朝南顶,就是到武当山道教圣地进香朝拜。明清时期,中原一带民间到武当山朝拜祖师爷的风气很盛,特别是春季,常结社而行,声势浩大,热闹非凡。本书第八回:"王春宇与那同社的人,烧了发脚纸钱,头顶着日值功曹的符帖,臂系着'朝山进香'的香袋,打着蓝旗,敲着大锣,喊了三声'无量寿佛',黑鸦鸦二三十人,上武当山朝顶去了。"至今洛阳一带如巩义、偃师等地的人们,还拿"跟朝南顶一样"来形容场面的喧闹。②

又如对"送米面"的解释,同样精彩:

【送米面】河南地方风俗,女子婚后生子过三日(或九日、十二日,各地不等),娘家女眷携小衣服饰及米面、红糖、蛋、菜等物品前往瞧看,叫"送米面",或称"送菜""送粥米"。明嘉靖刻本《太康县志·礼乐志·婚礼》:"育子:……既生后九日,母家备卓馔十余,赶面至数斗,外粟稻米麦面各斗,猪首、鸡类数品,共食盒数抬,甥小衣衾,请女客数十,各馈面米肉物。男家亦备卓馔数十请客,亦馈物,皆曰送粥米。"民国二十七年(1938 年)铅印本《新安县志·社会志·礼俗》:"汤饼筵:……分娩之三日,婿以四色礼向岳家通知,名曰报喜;待十二日,母家以褓衣面粉米菜等品送之,名曰送菜。婿家款以面饭,名曰吃喜面。内亲邻右亦皆送菜。"③

---

① 白维国:《近代汉语词典》序言,第 4 页。
② 张生汉:《〈歧路灯〉词语汇释》(增订本),第 37 页。
③ 张生汉:《〈歧路灯〉词语汇释》(增订本),第 314 页。

通过词语所记载的民俗,将其意义、用法及演变解说得非常清晰、真实、生动。像这样的例子还有很多,如"饭时""喝晚汤""老爷河""送饭""送馔""完锁""送喜盒"等,都考释得非常精彩,引人入胜。

《歧路灯》中有"合子拐弯儿利钱"这一民俗词,我们就可以利用民俗材料进一步考证其形成过程。笔者认为,"用'合子'指生意上盈利赚钱应是一种比喻说法,取合子两张饼合在一起之义,指一本一利相合。"①今天的天津口语中还有"合子拐弯儿利钱"这种说法。《中老年时报》2019 年 2 月 7 日第 1 版《谭汝为教授说初三民俗——合子为嘛"往家转"》一文说中的就法,我们在前面已经引用,这里不再重复。

"合子拐弯儿利钱"的来源或许与天津民俗有关,《歧路灯》第十回所使用的语境似可作旁证。这句话出自娄潜斋的在天津做生意的表弟宋云岫之口。宋云岫长期在天津做生意,可能学会了一些天津方言,所以才有可能说:"到了天津,谁知伙计们大发财源。买了海船上八千两的货,不知海船今年有什么阻隔,再没有第二只上来,咱屯下的货,竟成了独分儿,卖了个合子拐弯儿利钱。"李绿园舟车海内期间也曾到过天津,有《天津丙德庵夜坐》诗为证:"舍舟登陆夜,萧寺冷光多。月皎松图壁,风寒鸟梦柯。开箱书有债,倚榻梦无魔。藉此消愁绪,晨钟待若何。"②正因为李绿园有曾在天津的游历,所以熟悉这个词,就恰如其分地让宋云岫说出了这个含有天津方言词语的话。

又如上引对"朝南顶"一词的考释中,我们还可以利用记录当时民俗朝南顶的碑刻资料加以说明,如《洛阳明清碑志》一书中有两通记载清朝时偃师人去武当进香的事实,一是道光二年"大清武当山进香还乡修醮碑",一是光绪二十年"朝武当山旋里献愿碑"。《歧路灯》中"没蛇弄"一词的意义和用法,张辉从语音上提出了自己的看法。她认为"没蛇(可)弄"就是"没啥(可)弄"。③ 但是在上图藏本和其他抄本中均作"没蛇弄",且谢路军《小说妙语词

---

① 王冰:《〈歧路灯〉文化词语释证》,《平顶山学院学报》,2019 年第 3 期,第 43 页。

② 栾星:《〈歧路灯〉研究资料》,第 84 页。

③ 张辉:《〈歧路灯〉歧路灯中的"没蛇(可)弄"》,《南阳师范学院学报》(社会科学版),2015 年第 10 期,第 14 页。

典》、石汝杰和宫田一郎《明清吴语词典》及王国平《西湖文献集成》都认为,是一种比喻用法,可能与旧时乞丐的一种谋生手段有关。据我们调查,在宋代笔记和元曲中都有"没蛇弄"的用法,如果我们能够结合有关民俗加以溯源和释义,就会更加便于读者了解其词义和意蕴。

五、深入挖掘词语在河南方言中的应用情况

《歧路灯》中不少方言词语在现代河南方言中仍然使用。为了进一步考察《歧路灯》方言词语与现代河南方言之间的联系与变化,我们需要继续做好两个方面的工作。

一是继续深入调查《歧路灯》中的一些词语在河南方言中的应用情况,如"大母"一词的用法,据《汝州市志》:"伯母:称母,或按排行称大母、二母。"[①]在平顶山地区,如今仍称大伯的妻子为大母,称二伯的妻子为二母,依此类推。"松"之"稀松平常,平淡无奇"义,在平顶山方言中仍有使用,如说一个人或一件事无关紧要时,常说"松哩很""可松啦",《平顶山市卫东区年鉴2012》中收有"精松"一词,释作"不怎么样"。[②]"落阁"的"经手钱财而趁机私自克扣一部分"或"有意落下、留下"用法,在多种抄本中均作"落哥",说明在清代河南各地都有该词用法,现在平顶山地区还在使用。[③]"行户"一词在河南方言中仍有使用,如《临颍县志》:"行户,经纪。"[④]

"款"之"延缓、推迟"义,豫东和豫西方言中都有"款几天再说"的说法。"起场"之"收场义",在河南方言中也有应用,指打麻将、打扑克等结束,如"他们那一摊还没有起场哩"。"学生"指"男孩子",现在河南也有这个用法,如豫东家长称自己的男孩子为"学生"。"打杂或捣杂"在豫东还可指在丧事时来负责接待宾客、办理杂事的人。

二是注意考察一些词语的不同分布情况。如"拴在门鼻上的铁索",在河

---

① 汝州市地方史志编纂委员会:《汝州市志》,中州古籍出版社,1994年,第728页。
② 卫东区地方史志办公室:《卫东年鉴(2012)》,新华出版社,2012年,第409页。
③ 王冰:《〈歧路灯〉文化词语考释》,《平顶山学院学报》,2018年第4期,第87页。
④ 临颍县志编纂委员会:《临颍县志》,中州古籍出版社,1996年,第678页。

南方言中有的地方称"搭儿",如平顶山方言即如此;也有称"门搭儿"的,如《登封县志》:"门搭儿,拴在门鼻上的铁索。"①还有的地方叫"门搭吊"的,如《杞县志》:"门搭吊,门锁链"。②《鹿邑县志》:"门搭吊,门钉吊儿。"③豫东与豫西的用法似有所不同,仍可做深入调查。用作形容词的"实落"有"确切、确实的意思",如豫东人谈生意做交易时常说"你说个实落价儿",但在平顶山地区却说"你说个落实价儿",在不同的地方语素顺序不一样。"职客"指"办理婚庆、丧事时聘请的负责接待宾客的人",在平顶山地区宝丰县方言中仍有"职客"一词,豫东如杞县部分乡镇中仍有这种用法。《歧路灯》中的"干拍嘴"一词在现代河南方言中运用较广,如《南阳地区志》载:"拍话儿:谈话"④,"闲谈,南阳中部区叫'拍'、'呱嗒'。"⑤《社旗县志》:"拍拍:谈谈,叙叙家常。"⑥唐河县《源潭镇志》:"拍话:谈话。"⑦"干拍嘴"一词的形成即可结合这些材料加以考证。

六、充分运用异文比较互证方法

《歧路灯》抄本众多,各抄本之间异文现象较为突出,运用异文材料既可以更好地检视各抄本的讹误,也可以准确地对词语释义,说明一些词语的更替演变。

张生汉先生新版《汇释》在运用异文训释词语方面进行了有益的尝试。如对"打彩/打采""抵不住/敌不住""底稿儿/底本儿""私窝子/私窠子""觜记/膅记/觜计""轰药/烘药""后晌/晚黑""攒凑/积凑""瞧/叫"等组词的释义中,都利用上图藏本与栾校本的异文词语加以比照;"许些"等词的释义利用了栾校本、上图藏本及新发现的洛阳某氏所藏105回本的异文作了互证。笔者

① 登封县地方志编委会:《登封县志》,河南人民出版社,1990年,第795页。
② 杞县地方史志编纂委员会:《杞县志》,中州古籍出版社,1998年,第852页。
③ 鹿邑县地方志编委会:《鹿邑县志》,中州古籍出版社,1992年,第754页。
④ 南阳地区地方史志编纂委员会:《南阳地区志》(下册),第498页。
⑤ 南阳地区地方史志编纂委员会:《南阳地区志》(下册),河南人民出版社,1994年,第489页。
⑥ 社旗县地方志编纂委员会:《社旗县志》,中州古籍出版社,1997年,第478页。
⑦ 源潭镇志编纂委员会:《源潭镇志》,河南大学出版社,1999年,第400页。

无论是在《歧路灯》词语考释,还是在纠正栾校本词语校勘失误等方面,都较多地运用了不同版本的异文材料,前文中已对此有较多的说明和应用。利用《歧路灯》各抄本异文训释词语方面,异文将会发挥越来越重要的作用。

附　录

附录一　《歧路灯》清代主要抄本自序

一、国家图书馆藏《歧路灯》清代抄本自序

古有四大奇书之目，曰盲左，曰屈骚，曰漆庄，曰腐迁。迨于后世，则坊傭袭四大奇书之名，而以《三国志》《水浒》《西游》《金瓶梅》冒之。呜呼，果奇也乎哉？

《三国志》者，即陈承祚之书而演为稗官者也。承祚以蜀而仕于魏，而所当之时，固帝魏寇蜀之日也。寿本左袒于刘而不得不尊夫曹，其言不无闪灼于其间，再传而为《演义》，徒便于市儿之览，则愈失本来面目矣。即如孔明，三国时第一人也，曰淡泊，曰宁静，是固具圣贤本领者。《出师表》曰："先帝知臣谨慎，故临崩寄臣以大事。"此即临事而惧之心传也。而《演义》则曰"附耳低言"。如此如此，不几成儿戏场耶？亡友郏城郭武德曰："幼学不可阅坊间《三国志》。一为所涸，则再读陈寿之所志，鱼目与珠无别矣。"淮南盗宋江三十六人，肆暴行虐，张叔夜擒获之。而稗说加以"替天行道"字样，乡曲间无知恶少仿而行之，今之顺刀手会是也。流毒草野，祸酿国家，然则三世皆哑之孽报，岂足以蔽其教猱升木之余辜也哉！若夫《金瓶》，诲淫之书也。亡友张揖东曰："此不过道其事之所曾经与其意之所欲试者耳。而三家冬烘学究动曰此《左》《国》《史》《迁》之文也。"余谓不通《左》《史》，何能读此？既通《左》《史》，何必读此？况老子云："童子无知而朘举。"此不过驱幼学于夭札，而速之以蒿里歌耳。至于《西游》，乃取陈元奘西域取经一事幻而张之耳。元奘，河南偃师

人,当隋大业年间,从估客而西。迨归,当唐太宗时,僧腊五十七,葬于偃师之白鹿原。安所得捷如猿猱、痴若豚豕之徒而消魔扫障耶?惑世诬民,莫此为甚。

偶阅阙里孔云亭《桃花扇》、丰润董恒岩《芝龛记》以及近今周韵亭之《悯烈记》,喟然曰:吾故谓填词家当有是也,借科诨排场间写出忠孝节烈,而善者自卓千古,丑者难保一身,使人读之,为轩然笑,为潸然泪。即樵夫牧子、厨妪爨婢,皆感动于不容已,以视王实甫《西厢》、阮园海《燕子笺》等出,皆桑濮也,讵可暂注目哉?因仿此意为撰《歧路灯》一册,田父所乐观,闺阁所愿闻。

朱子曰:"善者可以感发人之善心,恶者可以惩创人之逸志。"友人皆谓于纲常彝伦间煞然有发明。盖越三十年以迨于今而始成书,前半笔意锦密,中以舟车海内辍笔者二十年,后半笔意不逮前茅,识者谅我桑榆可也。

空中楼阁,毫无依傍,至于姓氏或与海内贤达偶尔雷同,并非影射。但愿看官君子不以为有心含沙也,则幸其甚。

乾隆四十二年七夕之次日绿园老人题于新邑之东皋书舍

二、上海图书馆藏《歧路灯》清代抄本自序

古有四大奇书之目,曰左曰骚,曰庄曰迁。迨于后世,则坊傭袭四大奇书之名,而以《三国志》《水浒》《西游》《金瓶》冒之。呜呼,果奇也乎哉?

《三国志》者,即陈承祚之书而演为稗官者也。承祚以蜀而仕于魏,所当之时,固帝魏寇蜀之日也。寿本左祖于刘而不得不尊夫曹,其言不无闪灼,再传而为《演义》,徒便于市儿之览,则愈失本来面目矣。即如孔明,三国时第一人也,曰淡泊,曰宁静,是固具圣贤本领者。《出师表》曰:"先帝知臣谨慎,故临终托臣以大事。"此即临事而惧之心传也。而《演义》则曰"附耳低言"。如此如此,不几成儿戏场耶?郏城郭武德曰:"幼学不可阅坊间《三国志》。一为所涸,则再读承祚之书,为鱼目所涸矣。"淮南盗宋江三十六人,肆暴行虐,张叔夜擒获之。而稗说加以"替天行道"字样,乡曲间无知恶少仿而行之,今之顺刀手等会是也。流毒草野,祸酿国家,然则三世皆哑之孽报,岂足以蔽其教猱升木之余辜也哉!《金瓶》一书,海淫之书也。亡友张揖东曰:"此不过道其事之所

曾经与其意之所欲试者耳。而三家村冬烘学究动曰此《左》《国》《史》《迁》之文也。"余谓不通《左》《史》,何能读此? 既通《左》《史》,何必读此? 老子云:"童子无知而脧举"。此不过驱幼学于殀札,而速之以蒿里歌耳。至于《西游》,乃取陈元奘西域经解[①]

三、河南省图书馆藏《歧路灯》清代抄本自序

古有四大奇书之目,曰左曰骚,曰庄曰迁。迨于后世,则坊傭袭四大奇书之名,而以《三国志》《水浒》《西游》《金瓶梅》冒之。呜呼,果奇也乎哉?

《三国志》者,即陈承祚之书而演为稗官者也。承祚以蜀而仕于魏,所当之时,固帝魏寇蜀之日也。寿本左祖于刘而不得不尊夫曹,其言不无闪灼,再传而为《演义》,徒便于市儿之览,则愈失本来面目矣。即如孔明,三国时第一人也,曰淡泊,曰宁静,是固具圣贤本领者。《出师表》曰:"先帝知臣谨慎,故临终托臣以大事。"此即临事而惧之心传也。而《演义》则曰"附耳低言"。如此如此,不几成儿戏场耶? 郏城郭武德曰:"幼学不可阅坊间《三国志》。一为所涸,则再读承祚之书,为鱼目所涸矣。"淮南盗宋江三十六人,肆暴行虐,张叔夜擒获之。而稗说加以"替天行道"字样,乡曲间无知恶少仿而行之,今之顺刀手等会是也。流毒草野,祸酿国家,然则三世皆哑之孽报,岂足以蔽其教猱升木之余辜也哉!《金瓶梅》一书,诲淫之书也。亡友张揖东曰:"此不过道其事之所曾经与其意之所欲试者耳。而三家村冬烘学究动曰此《左》《国》《史》《迁》之文也。"余谓不通《左》《史》,何能读此? 既通《左》《史》,何必读此? 老子云:"童子无知而脧举。"此不过驱幼学于殀札,而速之以蒿里歌耳。至于《西游》,乃取陈元奘西域经解一事幻而张之耳。元奘,河南偃师人,当隋大业年间,随估客而西。迨归,当太宗时,僧腊五十六,葬于偃师之白鹿原。安所得捷如猿猱、痴若豚豕之徒而消魔扫障耶? 惑世诬民,佛法所以肇于汉而沸于唐也。

余尝谓唐人小说、元人院本为后世风俗大蛊。偶阅阙里孔云亭《桃花扇》、丰润董恒岩《芝龛记》以及近今周韵亭之《悯烈记》,喟然曰:吾固谓填词家当

---

① 上图藏本原序自"经解"后残。

有是也,籍科诨排场间写出忠孝节烈①,而善者自卓千古,丑者难保一身,使人读之,为之轩然笑、潸然泪。即樵夫牧子、厨妇爨婢,皆感动于不容已,以视王实甫《西厢》、阮园海《燕子笺》等出,皆桑濮也,讵可暂注目哉?因仿此意为撰《歧路灯》一册,田父所乐观,闺阁所愿闻。

朱子曰:"善者可以感发人之善心,恶者可以惩创人之逸志。"友人皆谓于纲常彝伦间煞然有发明。盖阅三十岁以迫于今而始成书,前半笔意锦密,中以舟车海内辍笔者二十年,后半笔意不逮前茅,识者谅我桑榆可也。

空中楼阁,毫无依傍,至于姓氏或与海内贤达偶尔雷同,绝非影射。若谓有心含沙,自应堕入拔舌地狱。

乾隆丁酉八月白露之节碧圃老人题于东皋麓树之阴

四、郑州市图书馆藏《歧路灯》清代抄本自序②

古有四大奇书之目,曰盲左,曰屈骚,曰漆庄,曰腐迁。迨于后世,则坊傭袭四大奇书之名,而以《三国志》《水浒》《西游》《金瓶梅》冒之。呜呼,果奇也乎哉?

《三国志》者,即陈承祚之书而演为稗官者也。承祚以蜀人而仕于魏,而所当之时,固帝魏寇蜀之日也。寿本左祖于刘而不得不尊夫曹,其言不无闪灼于其间,再传而为《演义》,徒便于市儿之览,则愈失本来面目矣。即如孔明,三国时第一人也,曰淡泊,曰宁静,是固具圣学本领者。《出师表》曰:"先帝知臣谨慎,故临终托臣以大事也。"此即临事而惧之心传也。而《演义》则曰"附耳低言"。如此如此,不几成弋阳耶?亡友郑城郭友德曰:"幼学不可阅坊间《三国志》。一为所溷,则再读承祚之三国志,鱼目与珠无别矣。"③淮南盗宋江三十六人,肆暴行虐,张叔夜擒获之。而稗说加以"替天行道"字样,乡曲间无识恶

---

① 籍,当作"藉"。

② 郑州市图书馆藏《歧路灯》清代抄本,即本书所说的安定筱斋抄本。

③ 据《〈歧路灯〉研究资料》第35页:"郭偁字武德,乾隆间布衣。即《歧路灯》自序里提到的另一'亡友'。诗尚苏、黄,亦工散体文。著《念先堂集》。"郭友德,当为郭武德,与李绿园有交游关系。

少仿而行之,今之顺刀手等会是也。流毒草野,祸酿国家,然则三世皆哑之孽报,岂足以蔽其教猱升木之余辜也哉!《金瓶梅》一书,诲淫之书也。亡友张揖东曰:"此不过道其事之所曾经与其意之所欲试者耳。而三家村冬烘学究动曰此《左》《国》《史》《迁》之文也。"余谓不通《左》《史》,何能读此?既通《左》《史》,何必读此?况老子云:"童子无知而脧举"。此不过驱幼学于夭札,而速之以蒿里歌耳。至于《西游》,乃演陈元奘西域取经一事而幻而张之耳。元奘,河南偃师人,当隋大业年间,从估客而西。迨归,僧腊五十六,葬于偃师之白鹿原。安所得捷如猿猱、痴若豚豕之徒而消魔扫障耶?惑世诬民,此所以肇于汉而沸于唐也。

余尝谓唐人小说、元人院本为后世风俗大蛊。偶阅阙里孔云亭《桃花扇》、丰润董恒岩《芝龛记》以及近今周韵亭之《悯烈记》,喟然曰:吾固谓填词家当有此也,藉科诨排场间写出忠孝节烈,而善者自卓千古,丑者难保一身,使人读之,为轩然笑,为潸然泪。即樵夫牧子、厨妇爨婢,感动于不容已,以视王实甫《西厢》、阮圆海《燕子笺》等出,皆桑濮也,讵可暂注目哉?因仿此意为撰《歧路灯》一册,田父所乐观,闺阁所愿闻。

子朱子曰:"善者可以感发人之善心,恶者可以惩创人之逸志。"友人皆谓于彝常伦类间煞有发明。盖阅三十岁以迄于今而始成书,前半笔意锦密,以舟车海内辍笔者二十年,后半笔意不逮前茅,识者谅我桑榆可也。

空中楼阁,毫无依傍,至于姓氏或与海内贤达偶尔雷同,并非影附。若谓有心含沙,自应堕入拔舌地狱。

乾隆四十二年七夕之次日绿园老人题于东皋麓树之阴时年七十有一

五、开封市图书馆藏《歧路灯》清代抄本自序[①]

古有四大奇书之目,曰盲左[②],曰屈骚,曰漆庄,曰腐迁。迨于后世,则坊佣袭四大奇书之名,而以《三国志》《水浒》《西游》《金瓶梅》冒之。呜呼,果奇也乎哉?

---

① 开封市图书馆藏《歧路灯》清代抄本,即本书所说的晚清抄本甲。
② 参他本,此后脱"曰屈骚"三字。

《三国志》者,即陈承祚之书而演为稗官者也。承祚以蜀而仕于魏,而所当之时,固帝魏寇蜀之日也。寿本左袒于刘而不得不尊夫曹,其言不无闪灼于其间,再传而为《演义》,徒便于市儿之览,则愈失本来面目矣。即如孔明,三国时第一人也,曰淡泊,曰宁静,是固其圣学本领者①。《出师表》曰:"先帝知臣谨慎,故临终托臣以大事也。"此即临事而惧之心传也。而《演义》则曰"附耳低言"。如此如此,不几成弋阳耶?亡友郏城郭友德曰:"幼学不可阅坊间《三国志》。一为所涸,则再读承祚之三国志,鱼目与珠无别矣。"淮南盗宋江三十六人,肆暴行虐,张叔夜擒获之。而稗说加以"替天行道"字样,乡曲间无知恶少仿而行之,今之顺刀手等会是也。流毒草野,祸酿国家,然则三世皆哑之孽报,岂足以敝其教猱升木之余辜也哉!《金瓶》一书,诲淫之书也。亡友张揖东曰:"此不过道其事之所曾经与其意之所欲试者耳。而三家村冬烘学究动曰此《左》《国》《史》《迁》之文也。"余谓不通《左》《史》,何能读此?既通《左》《史》,何必读此?况老子云:"童子无知而朘举。"此不过驱幼学于夭札,而速之以蒿里歌耳。至于《西游》,乃演陈元奘西域取经一事而幻而张之耳。元奘,河南偃师人,当隋大业年间,从估客而西。迨归,僧腊五十六,葬于偃师之白鹿原。安所得捷如猿猱、痴若豚豕之徒而消魔扫障耶?惑世诬民,此所以肇于汉而沸于唐也。

余尝谓唐人小说、元人院本为后世风俗大蛊。偶阅阙里孔云亭《桃花扇》、丰润董恒岩《芝龛记》以及近今周韵亭之《悯烈记》,喟然曰:吾固谓填词家当有此也,藉科诨排场间写出忠孝节烈,而善者自卓千古,丑者难保一身,使人读之,为轩然笑,为潸然泪。即樵夫牧子、厨妪爨婢,皆感动于不容已,以视王实甫《西厢》、阮园海《燕子笺》等出,皆桑濮也,讵可暂注目哉?因仿此意为撰《歧路灯》一册,田父所乐观,闺阁所愿闻。

子朱子曰:"善者可以感发人之善心,恶者可以惩创人之逸志。"友人皆谓于彝常伦类间煞有发明。盖阅三十岁以迄于今而始成书,前半笔意锦密,中以舟车海内,辍笔者二十年,后半笔意不逮前茅,识者谅我桑榆可也。

空中楼阁,毫无依傍,至于姓氏或与海内贤达偶尔雷同,并非影附。若谓

---

① "其",他本作"具"。

有心含沙，自应堕入拔舌地狱。

　　乾隆四十六年七夕之次日绿园老人题于东皋麓树之阴时年七十有一①

---

　　①　参他本，"乾隆四十六年"当作"乾隆四十二年"。

附录二　河南省图书馆藏《歧路灯》清代抄本家训谆言①

一、读书必先经史而后帖括,经史不明而徒以八股为务,则根柢既无,难言枝叶之畅茂。

二、读书之法,先《春秋》,次《书经》,次《诗经》,次《礼记》,次《易经》,此中有深意,难遽殚述,尔辈遵之可也。专经则主《春秋》。

三、六经精义多在总注,如《诗经》之精义尽在《国风》《雅》《颂》及某章章几句之下。陋师只令读比兴赋及诗柄而已完部矣。程子所谓"未读时是此等人,既读时仍是此等人也。"②

四、吾乡学究陋习,于四书重出之文章大笔涂去,如"三年无改""主忠信""巧言令色""不在其位"诸节是也。于朱注引证之文亦大笔涂去,如《春秋传》"吾谁适从""齐师违穀七里""魏征献陵之对""承宗敛手削地"之类是也。试思圣人不敢增夏五、删己丑,而庸人敢如此乎?无忌惮甚矣。尔辈戒之。③

五、自范紫登《体注》一出,遂有"朱子故置圈外"之说,亦属作俑。不知四书精义多在圈后之注,何可置之而不究心也?嗣后亦以为戒。④

六、朱子注《论语》"学"字曰:"学之为言效也"。如学匠艺者必知其规矩,然后亲手做起来。今人言"学",只有"知"字一边事,把"做"字一边事都抛

---

① 《歧路灯》家训谆言81条,这里以河南省图书馆藏清代乾隆抄本为底本整理,依其先后顺序添加序号,个别条目分合参考了国图藏本。为了说明异文,依据国图藏本及其他抄本做了对比,以供参考。

② "程子",国图藏本作"朱子"。

③ "无忌惮甚矣",国图藏本作"无忌甚矣"。

④ "究心",国图藏本作"经心"。"亦以为戒",国图藏本作"亦宜为戒"。

了。试思圣贤言孝、言悌、言治国、言齐家,是教人徒知此理乎,抑教人实做其事乎?①

七、尔曹读书,第一要认清这书不是教我为做文章、取科名之具,看圣贤直如父兄师长对我说话一般,方是真正读书道理。②

八、小学生读书一定先要读小学,一生用之不尽。如树之有根,如墙之有址。若不知小学,则无根者必萎,无址者必颓。

九、读小学要与他讲明,一遍不解,则再讲一遍;再读时再讲,其好处不可殚述。③

一〇、县试府考,必慎择子弟偕行之人、居停之家,若非有不得已事,则父兄必当送考,此其所关非细故也。

一一、古灵陈先生曰:"勿学赌博。"予观近今人家之败,大率由于赌博,与其自悔自恨于既知之后,曷若闭目摇手于未学之前。予既聒耳以告,尔辈宜刻骨铭心,以志不忘。④

一二、农者衣食之大源,生人之大命也。尔辈于读书之外,果能自为躬耕,以给吃著费用,虽劳苦亦乐事也。若其不能,则守先人之遗业,亦可免于冻馁。⑤

一三、古云栽花不如种树,则种树尚已。所谓十年之计,树木是也。春日暇时,墙边隙地或栽杨柳以备材用,或栽果实以供孝慈,用力甚少而成功甚多,不可忽也。

一四、至于栽花,亦士大夫家所不可少。盖人不可以无事,盆花必须灌溉,畦花亦须锄剪。可以习劳,可以娱情,但不可以过癖耳。⑥

---

① "试思圣贤言孝、言悌、言治国、言齐家,是教人徒知此理乎,抑教人实做其事乎?",国图藏本作"试思圣贤言孝、言悌、言齐家、言治国,是教徒知此理乎,抑实做其事乎?"

② "尔曹读书,第一要认清这书不是教我为做文章、取科名之具,看圣贤直如父兄师长对我说话一般,方是真正读书道理",国图藏本作"尔曹读书,第一要认清此书不是教我为做文章、取科名之具,看圣贤直如父兄师长对我说话,方是真正读书道理。"

③ "一遍不解",国图藏本作"一遍不明"。

④ "大率",国图藏本作"大都"。

⑤ "亦可免于冻馁",国图藏本作"亦可免于冻馁矣"。

⑥ "亦士大夫家所不可少",国图藏本作"亦仕宦家所不可少"。

一五、刈麦割豆，不可不周视，分场不可不身亲。既足防弊，而稼穑之艰难目历之矣，少有知识者便不敢萌旷费之念。①

一六、家间须常为洒扫，不可堆积门后墙角。务必抛而积之以为粪田之用，勿曰此太销也。王者官设草化，伯者令严弃灰。②

一七、茶饭不必丰盛，却要器皿精洁；衣服不必华丽，却要浣洗干净。非求好看也，此即人家盛败之兆。何也？敬胜、怠胜之分耳。③

一八、宴客不可闹酒，余见闹酒之家并无别样匪类之事，只这一件便弄得家业凋零，子孙狠狈。大禹不云乎"酒可亡国"，何况家乎？

一九、勿尚体面，以耗家之积储。体面者，品高行端，学赡文美，人自敬之，才谓之体面。若衣冠之鲜丽，裘马之轻肥，仆从之俊干，此不过市井小儿之所谓体面耳，非真体面也。专务乎此，则识者已掩口而笑，况耗家赀而为之，则下愚之所为矣。④

二〇、制裤不宜用葛夏。"当暑，袗絺绤，必表而出之。"朱子注云："欲其不见体也。"用葛夏，不几于裸处乎？⑤

二一、布屦棉袜，尽可适足。今人多绣云物花卉于其上，靡矣。妇女何知？只知呈巧耳，岂伟丈夫而必以此斗靡耶？缎袜亦不必用，况织云龙于上耶？直足刺识者之目耳。至于擦汗，何必绸幅；纸袋何必绣采，亦宜戒之。⑥

二二、幼年子弟到人前，第一要恭敬简默，即有羞涩愧赧之意，亦属不妨。若揖让娴熟，言语敏辨，便是不好的消息。慎勿听无知之人开口夸这个学生甚是展样。与人并坐，不可倒身后靠，摇腿颤脚，二者即惹人生厌，亦非厚福之

---

① "少有知识者"，国图藏本作"稍有知识"。"身亲"，国图藏本作"亲身"。

② "家间"，国图藏本作"家庭"。"销"，当作"琐"，国图藏本作"琐"。国图藏本在"伯者令严弃灰"后有"职是故耳"。

③ "茶饭不必丰盛，却要器皿净洁；衣服不必华丽，却要浣洗干净"，国图藏本作"茶饭必须丰俭适宜，不可过奢，却要器皿精洁；衣服必须美恶得当，不可太靡，但要表里干净。"

④ 以耗家之积储，国图藏本作"以伤积储"。专，国图藏本作"徒"。

⑤ "必表而出之"，国图藏本作"圣人必表而出之"。"用葛夏不几于裸处乎"，国图藏本作"若用葛夏不几于裸处乎"。

⑥ 布屦，国图藏本作"布履"。

相。对尊长则尤不可。①

二三、子弟不必吃烟,妇女尤宜戒之。与其惧火灾、劳手足而自悔,则何不于甫入口时,乘其涩辣呕吐之苦,而预为之戒乎?②

二四、人学吃烟,必先涩辣呕吐,盖人之口本不与烟相宜也。人学赌博,必然惶恐羞赧,盖人之性本不与赌博相宜也。趁此时戒之,不过片言入耳,早已断却根子,何至百悔攒心,尚不能自克耳。③

二五、生日会、老儿会俱不可随。父母生日,子孙罗拜,献酒为寿,家庭之乐事也。忽聚不知谁何之人,登堂拜祝,彼之父母生日,我以如是报之。是以父母之诞辰为换酒食之具矣。况会一散后,彼此不复更为来往,何丑如之?至于老儿会,则于具庆之日,预存一死父母之心,若谓大故之日,诸事迫窘,庸讵知丧事不备之义乎?是二者皆非士夫家所宜有也。④

二六、拜认干亲,甚所当戒。以风马牛之人,忽而亲属相通,勿论往来碍眼,抑且称呼刺耳,况内藏许多不好之处。切戒,切戒!⑤

二七、三父八母,并无干父干母之说,则干亲之不正可知。认干亲者,大约素有私情,借干亲以为掩耳盗铃之计耳⑥。

二八、勿赶会。乡村寺庙中演戏一棚,便有许多酒肆博场,一切无赖不根之徒,嬉嬉然附膻逐臭而往。尔辈试看,内中有个有品行、有学问的人否?若有要紧家伙赴买者,不妨办完即归。⑦

二九、近今陋俗,朋友姻戚间有戏谑以为交好者,予尤深恶之。盖朋友居五伦之一,只宜敬而不宜狎。亲戚者,休戚相关之谓也,其有尝骂者,以笑受

---

① 慎勿,国图藏本作"慎无"。"二者即惹人生厌",国图藏本作"二者既惹人生厌"。

② 子弟不必吃烟,国图藏本作"子弟不可吃烟"。

③ "人学赌博",国图藏本作"人之赌博"。"尚不能自克耳",国图藏本作"尚不能自克耶"。

④ "子孙罗拜,献酒为寿",国图藏本作"子孙献酒,罗拜为寿"。"况会一散后,"国图藏本作"会一散后"。"庸讵知丧事不备之义乎",国图藏本作"讵知丧事不备之义乎"。

⑤ "甚所当戒",国图藏本作"甚所宜戒"。

⑥ "借干亲以为掩耳盗铃之计耳",国图藏本作"借认干亲以为掩耳盗铃之计耳"。

⑦ "酒肆博场",国图藏本作"酒市赌场"。"嬉嬉然附膻逐臭而往",国图藏本作"俱嬉嬉然附膻逐臭而往"。"有学问的人否",国图藏本作"有学问人否"。

之,则彼当自止。①

三〇、予尝谓嫂与兄敌体。人骂己嫂而不悦,自骂其嫂而弗恤。是亦知和而和者也。戒之,戒之。

三一、结亲不可贪图富贵之家,一定要有些诗书之泽才好。不然者姻亲聚会,而厕一不类之人,亦大难为人。②

三二、乡曲中有贫而黠者、富而悍者,诸事都要宽让他一分,此中有无穷受用。③

三三、御下不可过为琐苛。陶渊明不云乎"彼亦人子也,可善视之。"与其督责于服役之后,何若慎择于雇觅之始。④

三四、绅士家每与胥吏辈气味不合,或有猾吏奸胥,同学辈有相约攻讦者,断不可附名。此辈城狐社鼠,且其狡黠倍于智士,甚难扫除。况干连官长,动则自败。胜之不武,弗胜为笑。⑤

三五、再胥吏辈每托同乡之谊以责人。接见之时一拱一揖,亦不必过为峻绝。

三六、绅士断不可交官长。论出事公卿之道,则父母斯民者,我不可不敬。如一登堂介眉,我或当一称觥也;如行步到门,我固当一延接也。若胸中着"相与官府"四字,便丑不可当矣。更有失口畅谈,以为某公与我相与甚好,此真是市井负贩、长随厮役的见识。⑥

三七、与人言不可夸富,不可诉贫。夸富,浅人也;诉贫,谄人也。士自有

① "朋友姻戚",国图藏本"朋友姻亲"。"其有尝骂者",国图藏本作"若有尝骂我者"。开封图书馆藏本在"其有尝骂者"之后有"而可谓之相关乎?况衅隙易起,断乎不可。即有无知而先及我者"。

② "一定要有些诗书之泽才好",国图藏本作"一定要有些诗书之气才好"。

③ "诸事都要宽让他一分",国图藏本作"凡事都要宽让他一分"。

④ "何若慎择于雇觅之始",国图藏本作"何如慎择于雇觅之始"。

⑤ "断不可附名",国图藏本作"断不附名"。"弗胜为笑",国图藏本作"不胜为笑"。

⑥ "如一登堂介眉",国图藏本作"如登堂介寿"。"如行步到门",国图藏本作"如行部到门"。"更有失口畅谈",国图藏本作"更有矢口畅谈"。"以为某公与我相与甚好",国图藏本作"以为某公与我甚好"。

所以振拔树立者,岂必斤斤于此?《记》曰:"不陨获于贫贱,不充诎于富贵。"①

三八、坊间《愿体集》云:"对人诉冤,闻之者虽极为嗟叹,其实未尝入耳。"此是真境实情。若对人诉叔侄兄弟妻子之冤,不惟惹厌而已也,人且鄙而贱之。

三九、古人云:士夫惟俗不可医。大凡言语举动,恭敬安详便不俗。若言语举动,一涉于俗,便令旁观者芒背针毡而不耐,而彼昏不知,方且自以为好看也。②

四〇、戒多言。古人云:"看来招灾惹祸,言语占了八分。"幼时亦谓此老僧常谈耳,今阅历既久,始知其为不易之论。③

四一、古人云:"吉人辞寡,躁人辞多。"不曰"凶"而"躁"者,"躁"便有凶的意思了。阅历既久,只觉得"谦"字好,"默"字好,此非依样前人,作此葫芦语。前十五年,尚不能写出此二句也。④

四二、人于世上,要存些恬淡意思,要有些淳朴模样便好。然亦要有个恬淡淳朴的本领,不然者,徒言恬淡只觉闷怀,徒言淳朴只觉村像。你们要寻这一幅真本领端的安在?⑤

四三、说话不可有乞儿相。所谓乞儿相者,动云某厨丁之不能烹调海味也,某针工之不能剪裁对花也。此正是乞儿相。⑥

四四、至于品评茶味,则云阳羡武夷、普洱六安,地道之出处;松罗蕊尖,雀舌龙团,采焙之早晚。此便是三家村暴发口角。

四五、与人谈论,品评骡马之口齿毛片,脚程远近,价值低昂,则又成牙侩矣。诸如此类者甚多,皆以例而戒之。人有侈口谈及者,点头应之,不可助其

---

① "夸富,浅人也",国图藏本作"夸富,贱人也"。

② "便令旁观者芒背针毡而不耐",国图藏本作"便令旁观者芒背针毡而不可耐"。

③ "幼时亦谓此老僧常谈耳",国图藏本作"幼时亦谓此老生常谈耳"。

④ "吉人辞寡,躁人辞多",国图藏本作"吉人词寡,躁人词多"。"'躁'便有凶的意思了",国图藏本作"'躁'便有凶的意思"。"阅历既久"国图藏本"阅历已久","尚不能写出此二句也"国图藏本作"尚不能写此二句也"。

⑤ "要有些淳朴模样便好",国图藏本作"有些淳朴模样方好"。"不然者",国图藏本作"不然"。

⑥ "所谓乞儿相者",国图藏本作"所云乞儿相者"。

说,亦不必拦其言。①

四六、对无学之人谈博洽,对贫窭之人论丰饶,即孔子所谓"未见颜色而言谓之瞽也。"

四七、不能周人,不问其所需,此最好。

四八、乡间窭人,有诣门糶粮者,我家果无则已。如有可以糶与者,不可苟责其钱之低小,价之短少。盖贫窭之户,真有窘于一钱而万不凑足者,我顾可以市价相格而使之蹙然乎?②

四九、家中戏具只可藏围棋二奁。往见舞阳郭倩饶昆仲手谈,亦家庭一韵事。况谢氏叔侄围棋,已播之史册乎。象棋颇近粗俗,骨牌双陆已近赌博,皆不必学也。投壶之艺甚佳,尔辈亦不妨学之。③

五〇、近来浮浪子弟添出几种怪异,如养鹰供戏,斗鹌鹑、聚呼卢等事。我生之初,不过见无赖之徒为之,今则俊丽后生、洁净书房,有此直为恒事。我看尔曹决然做不到此,然而教之者却不能说不到此。盖不惟不许尔曹做,亦并不许尔曹见也。至于配硝花于元宵,放纸鸢于春仲,亦不许焉。即门前晒捕鱼之网,檐下挂画眉之笼,亦余之所深厌者也。

五一、明太祖曰:"小费不节,大耗将至。"故言节俭者必自琐小事物始。

五二、人家败堕之由,除吃酒赌博外,尚有八个字足以耗散储蓄:一曰不好意思,一曰还不妨事。夫"不好意思"之事,必非一定该用之钱;"还不妨事"之言,正古人所云"才说不妨定有妨"之谓也。④

五三、凡人衣食言动,不可与人故异,虽富贵时,亦要恂恂;凡人心思胸襟,不可与人苟同,虽贫贱时,亦要矫矫。总之,外同内异,则外不失偕众之道,内不失自立之根。⑤

---

① "点头应之",国图藏本作"点头待之"。

② "盖贫窭之户",国图藏本作"盖贫窭之人"。

③ "况谢氏叔侄围棋",国图藏本作"况谢氏围棋"。"象棋颇近粗俗",国图藏本作"象棋颇粗俗"。

④ "才说不妨定有妨",国图藏本作"才说无妨定有妨"。

⑤ "凡人衣食言动,不可与人故异。虽富贵时,亦要恂恂,凡人心思胸襟,不可与人苟同。虽贫贱时,亦要矫矫",国图藏本作"凡人衣食言动,不必故与人异。虽富贵时,亦要恂恂,凡人心思胸襟,不可与人苟同。即贫贱时,亦要矫矫。"

五四、凡办事者，曰才曰智。智者，识见之谓也；才者，本领之谓也。余谓认得"谨慎小心"四字，才谓之真识见；把住"谨慎小心"四字，才谓之本领。[①]

五五、人情莫不爱福而恶祸，不知"福"字非他，即敬字、诚字、慎字、惧字、俭字、约字、劳字、苦字之类是也。"祸"字非他，即肆字、诈字、怠字、纵字、侈字、奢字、安字、乐字之类是也。[②]

五六、元儒云："儒者以治生为急，不知治生必至贫而丧其守。"知此，则史书所载某某不事家人生产，不足为训也。[③]

五七、天下无巧事，无便宜事。阅历既久，见走巧者无不拙，讨便宜者无不吃亏。[④]

五八、历来人言天地能养人，而不能教人。此说不然。天地有丰稔之年，所以教人勤也。天地有水旱之岁，所以教人俭也。况福善祸淫，载于史册，见于眼前者，几如印板一般。吁，可畏哉！

五九、人生在世，心里一个"迫"字最要紧，脸上一个"耻"字最要紧。[⑤]

六〇、君子见人之胜己者必慕，小人见人之胜己者必妒。慕则思有以齐之，妒则思有以毁之。此君子所以日进于高明，而小人日就于颓堕也。

六一、予观人于乡党朋友姻戚间，或反面，或至于殴詈，或至讦讼，从未见有一边全是，一边全非者。谚云："一只手拍不响。"自是至理。

六二、智者常见得自己有不是处，愚者常见得别人有不是处。

六三、人生于大事小事只晓得一个"怕"字，便不至于十分堕落。[⑥]

六四、谈人闺阃，无论是真是假，将来必受口孽之报。古人云"伐国不闻仁

---

① "把住'谨慎小心'四字，才谓之本领"，国图藏本作"把住'谨慎小心'，方谓之真本领"。

② "人情莫不爱福而恶祸"，国图藏本作"人情莫不好福而恶祸"。"奢字、安字"，国图藏本作"安字、奢字"。

③ "则史书所载某某不事家人生产"，国图藏本作"则史册所记某某不事家人生产"。

④ "讨便宜者无不吃亏"，国图藏本作"图便宜者无不吃亏"。

⑤ "迫"，开封市图书馆藏本、国图藏本作"怕"。

⑥ "便不至于十分堕落"，国图藏本作"便不至十分堕落"。

人。"试思此等污言焉得入于尔之耳,则尔是何等人也?①

六五、家政总要内外严肃。

六六、处兄弟之间第一件不可有私积,第二件不可为妻子护短。总之,为己身置一物件,便看看弟兄们有了不曾;为己妻置一物件,便看妯娌们有了不曾;为己子置一物件,便看侄儿们有了不曾。总之,存心曰此皆吾父母之子也,则不睦者寡矣。开口曰此皆吾妻之贤劳也,则能睦者寡矣。②

六七、家中妇女必身亲织纺经络之事,古人所以"载弄之瓦"也。若妇女不知此事,无知者谓之享福,有识者谓之乐祸。

六八、兄弟同桌吃饭,妯娌同屋做活,此中弭却衅隙多矣。《诗》云:"式相好矣,无相犹矣。"这个"犹"字,便是千古兄弟合不着的根源。人非圣贤,孰能无过?兄弟们有一错半误,他后来自然后悔改了,我偏偏要照样奉还。即《诗》之所谓"犹"也。他本无心,必增其怒;他或有心,必益其愤。试思人于乡党尚思报德而不报怨,如何人于手足反致见罪而不见功。③

六九、古人以多男称庆,今人恒以食指繁多为忧。殊不知家有闲人,则即以为多;家无闲人,则虽多皆有执事,不有众擎易举之乐乎?家有匪人,则即以为多;家皆贤士,则兄弟叔侄自相师友,不见海内巨姓名族,非桂兰繁衍而能之乎?若人多而徒能著衣吃饭,则綦之诚难,所谓景升之子皆豚犬也。若以争业

---

① "谈人闺阃,无论是真是假,将来必受口孽之报。古人云'伐国不闻仁人。'试思此等污言焉得入于尔之耳,则尔是何等人也?"国图藏本作"谈人闺阃,勿论是真是假,将来必有口孽之报。古人云'伐国不闻仁人。'试思此等污言得入于尔之耳,则汝是何等人也?"

② "便看看弟兄们有了不曾",国图藏本作"便看看兄弟有了不曾"。"便看妯娌们有了不曾",国图藏本作"便看妯娌有了不曾"。"便看侄儿们有了不曾",国图藏本作"便看侄们有了不曾"。"存心曰此皆吾父母之子也",国图藏本作"存心曰此皆父母之子也"。

③ "他后来自然后悔改了",国图藏本作"他自然后悔改了"。

较产为事,则直不如安丰董生之鸡、江州陈氏之犬乎。[①]

七〇、往见一前辈书于窗曰:"早完官粮,勿赊客货。"自是居家要语。

七一、坊间《愿体集》《传家宝》二书,内中尽有持身涉世最切当的道理。[②]

七二、相士、星士、青乌、卜筮、阳宅等说,皆足误人正经事体。彼岂无奇中者?则子产所谓是以多言矣,岂不或中也。至于乩仙之说,更不可漫试,即或友人为之,亦不必浪传其神异。[③]

七三、房屋墙壁,有为风雨所破损,即便修葺之,以其易为也。若听其大坏而后为之,则大费事。[④]

七四、盖房屋制器皿,皆不可用雕刻匠役,总以朴坚为贵。朴坚之物,自会好看。往往见俗下人家雕砖镂瓦,镌花凿卉,反弄得极不好看。[⑤]

七五、往见一善持家人,有叩其所以者,曰没钱不贪置田产而已。

七六、吾乡有两家皆先窭而后饶,余叩其所自,其一曰:"家无闲人,仓有余粮。"其一曰:"做事不留病,居心不性急。"又有一善持家人,传其说曰:"家无闲人,地无旷土。"盖其家近山麓,凡不可耕之地,无非桃李杨柳桑柘。

七七、古人云:教女之法莫要离母。语甚切至。

七八、古人有誉儿癖,识者讥之。今人好于人前夸自己儿敏女淑,令人生厌。更有抱儿女于人前,曲尽暱爱之态,更令人生厌。至于少年如此,则又不

---

① "今人恒以食指繁多为忧",国图藏本作"今人以食指繁多为忧"。"殊不知家有闲人,则即以为多",开封市图书馆藏本作"殊不知家有闲人,则一即为多";国图藏本作"殊不知家有闲人,则以人多为忧"。"家有匪人,则即以为多",国图藏本作"家有匪人,则以人为多"。"海内巨姓名族",国图藏本作"海内著姓名族"。"若以以争业较产为事",国图藏本作"若更以争业败产为事"。"江州陈氏之犬乎",国图藏本作"江州陈氏之犬耳"。

② "内中尽有持身涉世最切当的道理",国图藏本作"内中尽有持身涉世最切当道理"。

③ "相士、星士、青乌、卜筮、阳宅等说",国图藏本作"相士、星士、青乌、卜筮、阳宅等书"。"则子产所谓是以多言矣",国图藏本作"则子产所谓是亦多言矣"。"即或友人为之",国图藏本作"即友人为之"。

④ "有为风雨所破损",国图藏本作"有为风雨损坏者"。

⑤ "往往见俗下人家雕砖镂瓦",国图藏本作"往见俗下人家雕砖镂瓦"。"反弄得极不好看",国图藏本作"反弄的极不好看"。

止于令人生厌也。

七九、人之所以易赊客货者，以其当下不索值也。不知他日相偿独非当下乎？且其病之大者有二：则不讲物价也，托于相好而不便讲价，则其浮冒可知。麦秋登新时，则来索之。粮价必贱，是商人获利两倍，而我已绌其三矣。此即青苗之害也。①

八○、人于浮浪子弟，鬻产拆屋时往往怜之，曰："可惜，可惜。"不知此固毫无足惜也。衣轻食肥，于天地既毫无所益；作奸犯科，于风俗且大有所损。他若常享丰厚，那些谨守正道，甘淡薄、受辛苦的子孙，该常常挑担荷锄、嚼糠吃菜乎？天道无亲，必不然矣！②

八一、贫窭家子孙狠狈，如迁坟卖地，持钗换米，拆砖瓦、货器皿等事，皆仁人君子所不忍视、不忍闻者。只可心内默为矜悯，万勿口中显为指述。何也？问如今兴旺隆盛之宝，那一家的祖宗不曾与患难相尝，那一家的子孙敢言与天地不朽？③

---

① "且其病之大者有二：则不讲物价也，托于相好而不便讲价，则其浮冒可知。麦秋登新时，则来索之，粮价必贱，是商人获利两倍，而我已绌其二矣。"国图藏本同，只是"而我已绌其二矣"，国图藏本中作"我已绌其三矣。"开封市图书馆藏本、民国宝丰郝廷寅《绿园家训》抄本及新安李珍《绿园家训》抄本作"且其病之大者有二：一则不讲物价也，托于相好而不便讲价，则其浮冒可知。二则麦秋登新时，则来索之，粮价必贱，是商人获利两倍，而我已绌其二矣。"

② "该常常挑担荷锄、嚼糠吃菜乎"，国图藏本作"该常挑担荷锄、嚼糠吃菜乎"。

③ "万勿口中显为指述"，国图藏本作"万无口中显为指述"。"问如今兴旺隆盛之宝"，"宝"，当作"室"。国图藏本作"问如今兴旺隆盛之家"。

附录三 《歧路灯》清代主要抄本回目①

一、国家图书馆藏《歧路灯》清代抄本回目

第一回　念先泽千里伸孝思　虑后裔一掌寓慈情

第二回　谭孝移文靖祠访友　娄潜斋碧草轩授徒

第三回　王春宇盛馔延客　宋隆吉鲜衣拜师

第四回　孔谭二姓联姻好　周陈两学表贤良

第五回　慎选举悉心品士　包文移巧词渔金

第六回　娄潜斋正论劝友　谭介轩要言订妻

第七回　读画轩守候翻子史　玉衡堂膺荐试经书

第八回　王经纪糊涂荐师长　候教读偷惰纵学徒②

第九回　谭贤良觐君北上　娄潜斋偕友南归

第十回　盲医生乱投药剂　曹姈奶劝请巫婆

第十一回　谭孝移病榻嘱儿　孔耘轩正论匡婿

第十二回　薛婆巧言鬻婢女　王中屈心挂画眉

第十三回　碧草亭父执说论　崇有轩小友巽言

第十四回　盛希侨过市遇好友　王隆吉夜饮订盟期

第十五回　地藏庵公子占兄位　内省斋书生试赌盆

第十六回　盛希侨酒闹童年友　谭绍闻醉哄孀妇娘

第十七回　王隆吉细筹悦富友　夏逢若猛上厮新盟③

---

①　根据我们的调查,栾星校注本《歧路灯》回目是综合多种抄本而形成的回目。因此,将几种重要抄本的回目附于此,供学界参考。

②　候,当作"侯"。

③　参他本,厮,当作"厕"。

第一百五回　薛全淑洞房花烛　谭篑初金榜题名

二、上海图书馆藏《歧路灯》清代抄本回目

第一回　念先泽千里伸孝思　虑后裔一掌寓慈情

第二回　谭孝移文靖祠访友　娄潜斋碧草轩授徒

第三回　王春宇盛馔延客　宋隆吉鲜衣拜师

第四回　孔谭二姓联姻好　周陈两学表贤良

第五回　慎选举悉心品士　包文移巧词渔金

第六回　娄潜斋正论劝友　谭介轩要言订妻

第七回　读画图守候翻子史　玉衡堂膺荐试经书

第八回　王经纪糊涂荐师长　侯教读偷惰纵学徒

第九回　柏永龄明君臣大义　谭孝移动父子至情

第十回　谭忠弼朝天瞻圣主　娄潜斋借地慰良朋

第十回　盲医生乱投药剂　王妗奶巧请巫婆

第十一回　谭孝移病榻嘱儿　孔耘轩正论匡婿

第十二回　薛婆巧言鬻婢女　王中屈心挂画眉

第十三回　碧草亭父执说论　崇有轩小友巽言

第十四回　盛希侨过市遇好友　王隆吉夜饮订盟期

第十五回　地藏庵公子占兄位　内省斋书生试赌盆

第十六回　盛希侨酒闹同年友　谭绍闻醉哄孀妇娘

第十七回　王隆吉细筹悦富友　夏逢若猛上厕新盟

第十八回　绍闻诡计谋狎婢　王中危言杜匪朋

第十九回　孔耘轩暗沉腹中泪　盛希侨明听耳旁风

第二十回　夏逢若酒后腾邪说　茅拔茹席间炫艳童

第二十一回　王中片言遭虐斥　绍闻一诺受梨园

第二十二回　阎楷思父归故里　绍闻愚母比顽童

第二十三回　谭氏轩戏箱优器　张家祠妓女博徒

第二十四回　王中夜半哭灵枢　绍闻楼上吓慈帏

---

①　檠,当作"擎"。

第八十一回　　王象荩主仆谊重　　巫翠姐夫妇情乖

第八十二回　　王主母慈心怜仆女　　程父执侃言谕后生

第八十三回　　谭绍闻筹偿生息债　　盛希侨威慑滚算商

第八十四回　　巫翠姐忤言冲姑　　王象荩侃论劝主

第八十五回　　谭绍衣寓书发鄞县　　盛希侨快论阻荆州

第八十六回　　谭绍闻父子并试　　巫翠姐婆媳重团

第八十七回　　谭绍衣升任开归道　　梅克仁伤心碧草轩

第八十八回　　谭观察叔侄真谊　　张秀才兄弟至情

第八十九回　　谭观察命题含教思　　程嵩淑观书申正论

第九十回　　　两文武南县拿邪教　　五生童道署领花红

第九十一回　　王象荩报主献忠谋　　卢学台为国正文体

第九十二回　　季刺史午夜筹荒政　　谭参议斜阳读墓碑

第九十三回　　赴公筵督学论官箴　　会族弟监司述家法

第九十四回　　盛希侨开楼发藏板　　谭绍闻入闱中副车

第九十五回　　阎楷谋房开书肆　　王中掘地得窖金

第九十六回　　重书贾苏霖臣赠字　　表义仆孔耘轩递呈

第九十七回　　王象荩医子得奇方　　盛希侨爱弟托良友

第九十八回　　王隆吉怡亲庆双寿　　夏逢若犯科遣极边

第九十九回　　盛希瑗触忿邯郸县　　娄厚存探古赵州桥

第一百回　　　书经房冤鬼拾卷　　国子监胞兄送金

第一百一回　　王象荩赴京望少主　　谭绍衣召见授兵权

第一百二回　　谭念修筹兵烟火架　　王都堂破敌普陀山

第一百三回　　谭绍闻面君得恩旨　　盛希瑗饯友赠良言

第一百四回　　谭念修爱母偎病榻　　王象荩择婿得东床

第一百五回　　一品官九重受命　　两姓好千里来会

第一百六回　　薛全淑洞房花烛　　谭簣初金榜题名

三、河南省图书馆藏《歧路灯》清代抄本回目

第一回　　念先泽千里伸孝思　　虑后裔一掌寓慈情

---

① 谭忠弼朝瞻圣主,当作"谭忠弼朝天瞻圣主"。

② 词,当作"祠"。

---

①　谭绍闻护脸揭债，当作"谭绍闻护脸揭息债"。

②　爇，当作"擎"。

③　谭绍闻还赁留尾欠，当作"谭绍闻还债留尾欠"。

---

①　胡星居肆诞劝茔，当作"胡星居肆诞劝迁茔"。

---

① 奴仆背主没济宁，当作"奴仆背主投济宁"。

② 谭绍闻筹偿生息赁，当作"谭绍闻筹偿生息债"。

③ 卢学台为国正大体，当作"卢学台为国正文体"。

④ 盛希瑗触念邯郸县，当作"盛希瑗触忿邯郸县"。

第一百零五回　谭念修爱母偎病榻　王象荩择婿得东床

第一百零六回　一品官九重受命　两姓好千里来会

第一百零七回　薛全淑洞房花烛　谭簣初金榜题名

四、开封市图书馆藏《歧路灯》清代抄本回目

第一回　念先泽千里伸孝思　虑后裔一掌寓慈情

第二回　谭孝移文靖祠访友　娄潜斋碧草轩授徒

第三回　王春宇盛馔延客　宋隆吉鲜衣拜师

第四回　孔谭二姓联姻好　周陈两学表贤良

第五回　慎选举悉心品士　包文移巧词渔金

第六回　娄潜斋正论劝友　谭介轩要言叮妻

第七回　读画圃守候翻子史　玉衡堂膺荐试经书

第八回　王经纪糊涂荐师长　侯教读偷惰纵学徒

第九回　谭贤良觐君北面　娄潜斋偕友南归

第十回　盲医生乱投药剂　董妗奶劝请巫婆

第十一回　谭孝移病榻嘱娇生　孔耘轩正论匡佳婿

第十二回　薛婆巧言鬶婢女　王中屈心挂画眉

第十三回　碧草轩父执谠论　崇有轩小友巽言

第十四回　盛希侨过市遇好友　王隆吉夜饮订盟期

第十五回　地藏庵公子占兄位　内省斋书生试赌盆

第十六回　盛希侨酒闹同年友　谭绍闻醉哄孀妇娘

第十七回　王隆吉细筹悦富友　夏逢若猛上厕新盟

第十八回　绍闻诡计谋狎婢　王中危言杜匪朋

第十九回　孔耘轩暗流腹中泪　盛希侨明听耳旁风

第二十回　夏逢若酒后腾邪说　茅拔茹席间炫艳童

第二十一回　王中片言遭虞虐斥　绍闻一诺受梨园

第二十二回　阎楷思父归故里　绍闻愚母比顽童

第二十三回　谭氏轩戏箱优器　张家祠妓女博徒

第五十三回　王中毒骂夏逢若　翠姐怒激谭绍闻

第五十四回　管贻安骂人遭辱　谭绍闻买物遇祸

第五十五回　奖忠仆王象荩匍匐谢字　报亡友程嵩淑慷慨延师

第五十六回　小户女挽舌阻忠仆　大刁头吊诡逐正人

第五十七回　刁棍屡设陷鸟网　书愚自投醉猩盆

第五十八回　虎兵丁赢钱肆假怒　桃门役高座若真羞①

第五十九回　索赌债夏鼎乔关切　救缢死德喜见幽灵

第六十回　　王隆吉探亲筹赌债　夏逢若集匪遭暗羞

第六十一回　谭绍闻仓卒谋葬父　胡星居肆诞劝迁茔

第六十二回　程嵩淑博辩止迁葬　盛希侨助丧送梨园

第六十三回　谭明经灵枢入土　娄老翁良言匡人

第六十四回　开赌场打钻获厚利　奸爨妇逼命赴绞桩

第六十五回　夏逢若床底漏嗽　边明府当堂扑刑

第六十六回　虎镇邦放泼催赌债　谭绍闻发急当群房

第六十七回　杜氏妾撒泼南北院　张正心调护弟兄情

第六十八回　碧草轩谭绍闻押券　退思亭盛希侨说冤

第六十九回　厅檐下兵丁短气　杯酒间门客畅谈

第七十回　　夏逢若时衰遇厉鬼　盛希侨情真感词师

第七十一回　济宁州财心亲师范　补过处正言训门徒

第七十二回　曹卖鬼枉设迷魂局　谭绍闻喜脱埋人坑

第七十三回　炫干妹狡计索赌②　谒父执冷语冰人

第七十四回　王春宇下正论规姊　张绳祖卑辞赚朋

第七十五回　谭绍闻倒运烧丹灶　夏逢若密商铸钱炉

第七十六回　冰梅婉转谏家主　象荩愤激殴匪人

第七十七回　巧门客代筹庆贺名目　老学究自叙学问根源

第七十八回　锦屏风办理文靖祠　庆贺礼排满萧墙街

---

① 若，当作"惹"。
② 赌，当作"赙"。

---

① 愁，他本多作"筹"。

② 帏，当作"闱"。重，当作"中"。

参考文献

［1］白维国.近代汉语词典［M］.上海:上海教育出版社,2015.

［2］白明义.直隶汝州全志［M］.北京:科学出版社,2013.

［3］宝丰史志编纂委员会.宝丰县志(清道光十七年)［M］.郑州:中州古籍出版社,1987.

［4］陈建裕.伏牛山文化根源性概说［J］.平顶山学院学报,2013(6):97-102.

［5］陈建裕,王冰.张丙焕文集校点［M］.北京:中国社会科学出版社,2019.

［6］陈秀兰.敦煌变文词汇研究［M］.成都:四川民族出版社,2002.

［7］崔晓飞.《歧路灯》语言研究:基于社会语言学的视角［M］.北京:光明日报出版社,2015.

［8］登封县地方志编委会.登封县志［M］.郑州:河南人民出版社,1990.

［9］杜贵晨.李绿园与《歧路灯》［M］.郑州:中州古籍出版社,2019.

［10］杜海军.桂林石刻总集辑校［M］.北京:中华书局,2013.

［11］杜云虹.蓬莱慕湘藏书楼所藏明清小说戏曲概述［J］.山东图书馆学刊,2017(4):27-31.

［12］方宝璋.宋代的会计帐籍［J］.北京师范大学学报,1991(5):18-25.

［13］方一新.中古近代汉语词汇学［M］.北京:商务印书馆,2010.

［14］冯沅君,冯芝生.歧路灯［M］.北京:朴社,1927.

［15］顾廷龙.艺风堂友朋书札［M］.上海:上海古籍出版社,1980.

［16］郭在贻.郭在贻文集［M］.北京:中华书局,2002.

［17］河南省地方史志编纂委员会.河南新志(民国十八年)［M］.郑州:中州古籍出版社,1988.

［18］黄任轲,朱怀春校点.苏轼诗集合注［M］.上海:上海古籍出版社,2001.

［19］黄忠绍,熊忠撰,宁忌浮整理:古今韵会举要［M］.北京:中华书局,2000.

[20]霍巍.洛阳方言词典[M].南京:江苏教育出版社,1996.

[21]郏县地方史志编纂委员会.郏县志[M].郑州:中州古籍出版社,1996.

[22]蒋绍愚.近代汉语研究概要[M].北京:北京大学出版社,2005.

[23]孔凡礼点校.苏轼文集[M].北京:中华书局,1986.

[24]李绿园撰,栾星校注.歧路灯[M].郑州:中州书画社,1980.

[25]李铁梁.李珍嘉言懿行录[M].郑州:中州古籍出版社,2016.

[26]李运富.论汉字职用的考察与描写[J].上海师范大学学报(哲学社会科学版),2017(1):5-12.

[27]李运富.汉语字词关系之检讨[J].温州大学学报(社会科学版),2020(1):1-12.

[28]临颍县志编纂委员会.临颍县志[M].郑州:中州古籍出版社,1996.

[29]刘畅.《歧路灯》与中原民俗文化研究[D].华东师范大学,2006.

[30]刘春萍.《墨子》句法研究[M].郑州:郑州大学出版社,2020.

[31]刘洪强.栾星本《歧路灯》校勘疏漏举隅[J].宁波大学学报,2014(1):61-65.

[32]刘永华.《歧路灯》的俗陋语与小说家言[J].明清小说研究.2014(3):69-80.

[33]刘永华.《红楼梦》、《歧路灯》和《儒林外史》中的"与"和"给"研究[D].河南大学,2004.

[34]刘永华.何为抄本?谁之文化?:抄本的解读方法及其问题[J].近代史研究,2021(6):132-142.

[35]栾星.《歧路灯》研究资料[M].郑州:中州书画社,1982.

[36]栾星.《歧路灯》及其流传[J].文献,1980(3):97-104.

[37]栾星.李绿园家世生平再补[J].明清小说研究,1986(1):258-271.

[38]陆澹安.小说词语汇释[M].上海:上海古籍出版社,1979.

[39]陆宗达,王宁.训诂方法论[M].北京:中国社会科学出版社,1993.

[40]鹿邑县地方志编委会.鹿邑县志[M].郑州:中州古籍出版社,1992.

[41]罗竹风.汉语大词典[M].上海:汉语大词典出版社,1994.

[42]南阳地区地方史志编纂委员会.南阳地区志[M].郑州:河南人民出版

社,1994.

[43]潘民中.万卷楼潆汝文献录[M].郑州:中州古籍出版社,2015.

[44]平舆县史志编纂委员会编.平舆县志[M].郑州:中州古籍出版社,1995.

[45]杞县地方史志编纂委员会.杞县志[M].郑州:中州古籍出版社,1998.

[46]秦方奇.徐玉诺诗文辑存[M].开封:河南大学出版社,2008.

[47]秦崇海.《歧路灯》中原词语考释[J].周口师范学院学报,2003(7):
    88-89.

[48]汝州市地方史志编纂委员会.汝州市志[M].郑州:中州古籍出版
    社,1994.

[49]上蔡县地方史志编纂委员会.上蔡县志[M].生活·读书·求知三联书
    店,1995.

[50]邵文杰.河南省志·方言志[M].郑州:河南人民出版社,1995.

[51]社旗县地方志编纂委员会.社旗县志[M].郑州:中州古籍出版社,1997.

[52]苏杰.《三国志》异文研究[M].济南:齐鲁书社,2006.

[53]苏杰.《歧路灯》校点与明清社会生活[J].明清小说研究,2010(2):
    153-163.

[54]苏杰.《歧路灯》文言词语考异[J].兰州学刊,2010(3):180-182.

[55]孙振杰.醒世新言《歧路灯》[M].开封:河南大学出版社,2019.

[56]孙振杰.近三十年台湾《歧路灯》研究述评[J].平顶山学院学报,2014
    (4):99-107.

[57]孙振杰.乾嘉时期中原地区的教育史诗:《歧路灯》的"生命教育"[J].社
    科纵横,2014(4):108-110.

[58]唐耕耦.敦煌寺院会计文书[J].北京图书馆馆刊,1996(1):49-57.

[59]唐钰明.异文在释读铜器铭文中的作用[J].中山大学学报(社会科学
    版).1996(3):86-92.

[60]汪维辉.东汉-隋常用词演变研究(修订本)[M].北京:商务印书
    馆,2017.

[61]汪维辉.汉语词汇史[M].上海:中西书局,2021.

[62]王宝红.《歧路灯》若干词语补释[J].河南科技大学学报(社会科学

版),2010(6):60-63.

[63]王冰.北朝汉语复音词研究[D].吉林大学,2008.

[64]王冰.《歧路灯》词语校勘补遗[J].平顶山学院学报,2011(3):99-102.

[65]王冰.《歧路灯》版本考论[J].求索,2012(7):130-132.

[66]王冰.校注本《歧路灯》存在问题初探[J].平顶山学院学报,2012(4):
95-98.

[67]王冰.《歧路灯》词语例释[J].南阳师范学院学报,2012(8):40-44.

[68]王冰.新发现的绿野堂《歧路灯》抄本刍议[J].南阳师范学院学报,2014
(5):39-43.

[69]王冰.再论《歧路灯》的版本[J].平顶山学院学报,2015(6):80-82.

[70]王冰.《桂林石刻总集辑校》校点商榷[J].沈阳师范大学学报(社会科学
版),2017(5):151-156.

[71]王冰.《歧路灯》文化词语考释[J].平顶山学院学报,2018(4):86-89.

[72]王冰.《歧路灯》方言词语释证[J].平顶山学院学报,2019(3):42-46.

[73]王冰.《歧路灯》三类抄本之关系及成书考论[J].明清小说研究,2021
(4):198-212.

[74]王恩建.《歧路灯》栾校补正二则[J].齐齐哈尔大学学报(哲学社会科学
版),2006(5):103-105.

[75]王力.汉语史稿[M].北京:中华书局,2004.

[76]王以兴.《歧路灯》弟子过录本的时间辨误及其他[J].山西师大学报,
2015(1):135-139.

[77]王锳.诗词曲语辞汇释(第二次增订本)[M].北京:中华书局,2005.

[78]王云路.中古汉语词汇史[M].北京:商务印书馆,2010.

[79]卫东区地方史志办公室.卫东年鉴(2012)[M].北京:新华出版社,2012.

[80]吴秀玉.李绿园与其《歧路灯》研究[M].台北:台湾师大书苑有限公
司,1996.

[81]武少辉.《歧路灯》的文类归属及家训主题解读[J].平顶山学院学报,
2018(3):84-88.

[82]武少辉.《歧路灯》的现实主义及家庭教育主题研究[D].郑州大学,2016.

［83］西周生.醒世姻缘传［M］.郑州:中州书画社,1982.

［84］徐时仪.古白话词汇研究［M］.上海:上海教育出版社,2000.

［85］徐云知.《歧路灯》版本考［J］.学术交流,2004(1):156—160.

［86］徐正考,王冰.两汉词汇语法史研究语料述论［J］.南开语言学刊,2007
(1):95—105.

［87］向熹.简明汉语史(修订本)［M］.北京:商务印书馆,2010.

［88］许少峰.近代汉语大词典［M］.北京:中华书局,2008.

［89］许宝华,宫田一郎.汉语方言大词典［M］.北京:中华书局,1999.

［90］谢燕琳.《歧路灯》称谓研究［M］.兰州:甘肃人民出版社,2008.

［91］阎凤梧,等.全辽金文.［M］.太原:山西古籍出版社,2001.

［92］颜春峰.通俗编［M］.北京:中华书局,2013.

［93］杨海中.《歧路灯》研究九十年［J］.黄河科技大学学报,2011(2):90—94.

［94］杨荣祥.近代汉语副词研究.［M］.北京:商务印书馆,2005.

［95］杨莹莹.四种程甲本异文考辨题［J］.曹雪芹研究,2018(4):60—83.

［96］源潭镇志编纂委员会.源潭镇志［M］.开封:河南大学出版社,1999.

［97］虞和平.近代史所藏清代名人稿本抄本(第一辑)［M］.郑州:大象出版
社,2011.

［98］余辉.《歧路灯》校注的问题［J］.河南图书馆学刊,1994(3):60—65.

［99］俞理明.汉语缩略研究——缩略:语言符号的再符号化［M］.成都:巴蜀书
社,2005.

［100］张辉.《歧路灯》中的"没蛇(可)弄"［J］.南阳师范学院学报,2015(10):
14—16.

［101］张国良.元魏译经异文研究［D］.湖南师范大学,2016.

［102］张辉.豫西南方言中的"讫"［J］.方言,2017(1):42—46.

［103］张美兰.常用词的历时演变在共时层面的不平衡对应分布:以《官话指
南》及其沪语粤语改写本为例［J］.清华大学学报(哲社版),2016(6):
54—63.

［104］张萌.《歧路灯》的戏曲研究价值及版本新考［J］.东方艺术,2001(2):
56—57.

［105］张清廉.伏牛山文化圈概论［M］.郑州:中州古籍出版社,2013.

［106］张清廉.首届《歧路灯》海峡两岸学术研讨会论文集［M］.郑州:中州古籍出版社,2013.

［107］张清廉.第二届《歧路灯》海峡两岸学术研讨会论文集［M］.郑州:中州古籍出版社,2013.

［108］张清廉.第三届《歧路灯》海峡两岸学术研讨会论文集［M］.郑州:中州古籍出版社,2014.

［109］张清廉,于长立.伏牛山文化圈刍议［J］.平顶山学院学报,2010(1):1-7.

［110］张生汉.《歧路灯》词语汇释［M］.开封:河南大学出版社,1999.

［111］张生汉.从《歧路灯》看十八世纪河南方言词汇［J］.河南广播电视大学学报,2001(4):3-5.

［112］张生汉.对《歧路灯》、《红楼梦》、《儒林外史》饮用义动词的考察［J］.平顶山学院学报,2013(1):99-103.

［113］张生汉.《歧路灯》词语汇释(增订本)［M］.开封:河南大学出版社,2021.

［114］张弦生.一块尚未剖琢的璞玉浑金:评手稿本神魔小说《鸿魔传》［J］.明清小说研究,2000(1):228-238.

［115］张玉萍.《歧路灯》词汇研究三十年［J］.现代汉语,2012(7):36-39.

［116］张涌泉.敦煌俗字研究［M］.上海:上海教育出版社,1996.

［117］张涌泉.汉语俗字研究(增订本)［M］.北京:中华书局,2011.

［118］镇平县地方史志编纂委员会.镇平县志［M］.北京:方志出版社,1998.

［119］中州书画社.歧路灯论丛(一)［M］.郑州:中州书画社,1982.

［120］中州书画社.歧路灯论丛(二)［M］.郑州:中州书画社,1984.

［121］周志峰.明清小说俗字俗语研究［M］.北京:中国社会科学出版社,2006.

［122］朱姗.新发现的吕寸田评本《歧路灯》及其学术价值［J］.明清小说研究,2014(4):126-141.

［123］朱姗.新发现《歧路灯》张廷绶题识及其学术价值［J］.文学研究,2015(1):155-161.

［124］朱姗.《歧路灯》的版本与文献研究［D］.北京大学,2017.

［125］朱姗.《歧路灯》的成书与版本源流考证［J］.文学研究,2018（2）：103-120.

［126］朱绍侯.中国古代史［M］.福州:福建人民出版社,1985.

后　记

本书是教育部人文社会科学规划基金项目"《歧路灯》清代抄本异文研究"（项目编号：18YJA740046）的最终成果。

《歧路灯》是清代文学家李绿园撰著的一部长篇白话小说，不但是反映十八世纪中国社会的风俗画，也是研究近代汉语和河南方言的极其宝贵的资料，引起了国内外学者的重视。

2010年以来，《歧路灯》版本与语言研究成为我的一个主要学术研究领域。为了解《歧路灯》小说原抄本的真实语言文字状况，我曾多次到国家图书馆、河南省图书馆、郑州市图书馆、河南省艺术研究院、开封市图书馆、洛阳及平顶山所属县（市）区，调查搜罗《歧路灯》抄本。在不断搜集资料的基础上，撰写了若干篇关于《歧路灯》版本及词语考释的文章，并在2017年受江苏春雨教育集团有限公司委托，完成了《歧路灯》的重新校注。2018年，我申报的"《歧路灯》清代抄本异文研究"课题获得教育部人文社会科学研究规划基金项目资助，给我的研究提供了极大方便和支持，我继续深入研究《歧路灯》的版本与语言。本书既是该课题的最终成果，也是我近年来《歧路灯》版本与语言研究的一个小结。

本书主要对不断发现的各种抄本之间的异同特点进行考察，揭示它们之间的联系和区别，梳理各版本的形成过程，分析抄本用字特点，并对一些词语进行考释，分析栾星校注本《歧路灯》存在的问题，以期了解清代中晚期抄本文献用字的基本情况和河南方言词汇的发展演变情况。

在本书的写作过程中，既参考了自己以前的有关论文，又对原来的研究成果进行认真检视，修改已有研究中的粗疏和错误，补充新材料，吸收学界最新研究成果，力求对自己的已有研究有所超越。其间，深切地体会到时间的宝贵和著述的艰辛，也让我对所有认真严肃的作者更加充满敬意。

本课题的顺利实施,得益于学校良好的科研条件。平顶山学院位于李绿园的家乡,李绿园故居与学校隔白龟湖相望。学校设有河南省社科重点研究基地伏牛山文化圈研究中心,李绿园及《歧路灯》研究是中心的重要研究方向,中心自2010年以来多次举办"海峡两岸《歧路灯》学术研讨会"和"伏牛山文化圈全国学术研讨会",因而使我的《歧路灯》研究能够便利地吸收和借鉴海峡两岸学者的最新科研成果。本书也是伏牛山文化圈研究中心系列学术成果之一。

本课题的实施和本书的出版得到了多方面的支持和帮助。在这里我要感谢吉林大学文学院教授徐正考老师、清华大学人文学院教授李守奎老师多年来对我的帮助和指导,两位老师对课题的完成及本书的出版给予了多方面的指导。感谢平顶山学院新闻与传播学院原院长秦方奇教授、平顶山学院伏牛山文化圈研究中心原主任陈建裕教授对本课题的支持;感谢多年来关心、支持我开展《歧路灯》研究的中州古籍出版社原副总编审张弦生先生和河南大学文学院教授张生汉先生。

陈建裕教授、张弦生先生、张生汉先生和郑州大学文学院教授李运富先生对书稿进行了认真审阅,提出了许多宝贵的意见,使我深受教益。西北大学文学院刘永华教授、黑龙江大学文学院史维国教授、平顶山学院新闻与传播学院孔令许老师,对本课题的实施给予了多方面的帮助。

郑州大学出版社孙理达老师、胡佩佩老师以及王卫疆老师,在书稿修改过程中提出了诸多很好的建议,使本书避免了一些失误,为了使本书能够早日出版,他们付出了艰辛的劳动。

在此,向以上各位老师表示最诚挚的感谢!

由于本人水平和能力有限,书中观点肯定存在不少问题,敬请各方面专家批评指正。

王 冰

2022 年 3 月 1 日